A REVOLUÇÃO DOS BICHOS

A REVOLUÇÃO DOS BICHOS

GEORGE ORWELL

TRADUÇÃO
Adalgisa Campos da Silva

PREFÁCIO
Gabriela Prioli

EDITORA
NOVA
FRONTEIRA

Título original: *Animal's Farm*

Editora Nova Fronteira Participações S.A.
Rua Candelária, 60 — 7º andar — Centro — 20091-020
Rio de Janeiro — RJ — Brasil
Tel.: (21) 3882-8200

Imagem de capa: Kenneth Schipper (Unsplash)

Dados Internacionais de Catalogação na Publicação (CIP)

O79r Orwell, George

A revolução dos bichos / George Orwell; traduzido por Adalgisa Campos da Silva; prefácio por Gabriela Prioli. [Edição especial] – Rio de Janeiro: Nova Fronteira, 2022.
104 p.; 12,5 x 18 cm (Clássicos para Todos)

Título original: Animal's Farm

ISBN: 978-65-5640-576-6

1. Literatura inglesa. I. Título.

CDD: 823
CDU: 821.111

André Queiroz – CRB-4/2242

Conheça outros livros da editora:

Sumário

Prefácio

Meu primeiro contato com *A revolução dos bichos* aconteceu num passado não tão distante. Ao contrário das pessoas cuja sorte lhes apresentou o texto ainda durante os anos de colégio, minha experiência foi postergada para a idade adulta. O texto, pensado por Orwell para ser fácil de compreender por qualquer pessoa, cumpre o esperado. Pode ser compreendido por crianças, adolescentes e adultos de qualquer idade e serve para ser relido de tempos em tempos. A obra passeia pelos anos de vida dos leitores com a mesma facilidade com que atravessa a história para se fazer atual mesmo que escrito há mais de setenta anos.

Orwell narra *A revolução dos bichos* inspirado na cena que descreve no prefácio que escreveu para a edição ucraniana de 1947: um imenso cavalo de tiro sendo chicoteado por um garoto de cerca de dez anos. Quão diferente seria aquela cena se o cavalo tivesse consciência de sua força. Por consequência, quão diferente seria o mundo se os explorados tivessem consciência da própria exploração e soubessem direcionar seu descontentamento.

Acontece — e é este o enredo do livro — que a consciência precisa de alimento, dedicação ativa, sob pena de tornar-se apenas aparência de consciência a serviço da opressão. Com a mesma facilidade que numa noite os animais foram convencidos da tirania dos humanos, seriam convencidos de que "Napoleão tem sempre razão".

Espero que o passar dos capítulos cause no leitor a mesma sensação de aflição que a leitura me provoca. Os animais poderiam ter notado muito antes o que o futuro lhes reservava: desde a primeira assembleia, os ratos correram o risco de serem relegados a uma segunda classe de animais; tivessem os bichos aprendido a ler, notariam de pronto a manipulação dos princípios básicos do Animalismo. Infelizmente, para quem nada sabe, qualquer resposta satisfaz.

Havia consenso sobre o repúdio ao retorno de Jones, e, a partir daí, sua capacidade crítica não lhes permitia nada além de concordar com quem falava no momento. Trabalhavam cada vez mais em favor da própria opressão e assim faziam porque gostavam de achar que antes era muito pior. Trocavam a realidade pelo que gostariam que fosse a realidade. Na sua ilusão, "eram livres, afinal", ainda que apenas nos versos já apagados da parede do fundo do celeiro.

É fácil descobrir Guerreiros, Flores, Mollies, ovelhas e galinhas entre os outros, assim como é também fácil reconhecer Napoleões e Améns distribuídos entre os adversários. Difícil é reconhecê-los em nós mesmos e entre nossos aliados. Não por acaso, na mesma granja onde não se reconhecia a exploração entre os animais, a exploração perpetrada por Jones — o outro — era consenso. Esse foi também o desafio enfrentado por Orwell na publicação do texto: era um socialista fazendo uma crítica ao regime soviético. Sua crítica desenvolvia-se "entre os seus".

O livro, antes de ser publicado, foi recusado por quatro editoras. Numa das justificativas, como citado por Orwell no texto proposto como prefácio à primeira edição inglesa, a publicação foi considerada extremamente inconveniente tanto por fazer uma crítica específica ao regime soviético — e não às ditaduras no geral — quanto pelo fato de a casta dominante ter sido atribuída aos porcos. Na época, segundo o autor, vigorava na intelectualidade o silenciamento autoimposto de qualquer crítica à ortodoxia em vigor. Um movimento de censura voluntária. Até nos prefácios, como se vê, Orwell parece descrever os dias de hoje. Fica explícita a sua luta pela liberdade, para si e para os outros.

Das reflexões possíveis, fico com aquela que rechaça o entusiasmo alicerçado na esperança ingênua. Me posiciono, desde a primeira leitura, ao lado de Benjamin, que, quando questionado sobre estar mais feliz, diante da realidade da revolução, dizia apenas que "os burros vivem muito tempo".

Gabriela Prioli
Advogada e comentarista política

Capítulo 1

O sr. Jones, da Fazenda do Solar, fechara os galinheiros por causa da noite, mas estava bêbado demais para se lembrar de fechar as portinholas. Com o círculo de luz da lanterna dançando de um lado para o outro, atravessou, trôpego, o pátio, livrou-se das botas na porta dos fundos, serviu-se de um último copo de cerveja do barril que havia na copa e foi para a cama, onde a sra. Jones já roncava.

Assim que a luz do quarto se apagou, começou uma agitação em todas as edificações da fazenda. Durante o dia, correra o boato de que o velho Major, o premiado porco da raça Middle White, tivera um sonho estranho e desejava contá-lo aos outros animais. Ficara combinado que todos se encontrariam no grande celeiro tão logo o sr. Jones se retirasse. O velho Major (chamavam-no assim, embora tivesse participado da exposição como Belo de Willingdon) era tão conceituado na fazenda que todos estavam dispostos a perder uma hora de sono para ouvir o que ele tinha a dizer.

Numa extremidade do grande celeiro, sobre uma espécie de estrado, o Major já estava acomodado em sua cama de palha, embaixo de um lampião que pendia de um caibro. Com seus 12 anos, apesar de ter engordado bastante ultimamente, conservava o porte majestoso, o ar sábio e benevolente, mesmo com aquelas presas que jamais tinham sido cortadas. Os outros animais logo começaram a chegar e se instalar, cada qual a seu modo. Primeiro vieram os três cachorros, Sininho, Jessie e Belisco, depois os porcos, que se sentaram na palha bem em frente ao estrado. As galinhas empoleiraram-se nos peitoris das janelas, os pombos voaram para as traves, as ovelhas e as vacas deitaram-se atrás dos porcos e se puseram a ruminar. Os dois cavalos de tração, Guerreiro e Flor, chegaram juntos, andando muito devagarinho, e pousaram no chão com o maior cuidado os grandes cascos peludos para não pisar em algum bichinho escondido na palha. Flor era uma égua robusta e maternal quase na meia-idade que não recuperara a forma após o quarto potro. Guerreiro era um animal enorme, de quase 18 palmos de altura, forte como dois cavalos comuns. Uma listra branca no nariz lhe dava um ar um tanto bobo, e de fato ele não primava pela inteligência, mas era respeitado por todos pela firmeza de caráter e pela incrível capacidade no trabalho. Depois dos cavalos, chegaram Muriel, a cabra branca, e Benjamin, o burro. Benjamin era o animal mais velho da fazenda e o de pior gênio. Raramente falava, e, quando o fazia, em geral era para dar algum aparte cínico — por exemplo, dizia que Deus lhe dera um rabo para espantar as moscas, mas seria preferível não ter rabo nem moscas. Entre os animais da fazenda, só ele nunca ria. Quando lhe perguntavam por quê, respondia não ver onde estava a graça. Porém, sem que admitisse abertamente, era afeiçoado a Guerreiro; os dois sempre passavam os domingos juntos no pequeno padoque atrás do pomar, pastando lado a lado em silêncio.

Os dois cavalos tinham acabado de se deitar quando uma fileira de patinhos órfãos entrou no celeiro, grasnando baixinho e andando para lá e para cá à procura de um lugar onde não fossem pisoteados. Flor dobrou a pata dianteira como uma espécie de muro em volta deles, que se aninharam ali e logo adormeceram. No último instante, Mollie, a bonita e tola égua branca que puxava a charrete do sr. Jones, entrou toda coquete, mascando um torrão de açúcar. Instalou-se quase na frente e pôs-se a sacudir a crina branca, esperando chamar atenção para as fitas vermelhas nela trançadas. Por último chegou a gata, que olhou em volta, como sempre, em busca do lugar mais quente, e acabou se espremendo entre Guerreiro e Flor; ali passou todo o discurso do Major, ronronando satisfeita sem ouvir uma palavra do que ele dizia.

Todos os animais estavam presentes, exceto Moisés, o corvo domesticado, que dormia num poleiro atrás da porta dos fundos. Quando viu que todos estavam acomodados e aguardavam com atenção, Major pigarreou e começou:

— Camaradas, vocês já ouviram sobre o sonho estranho que tive ontem. Mas voltarei ao sonho mais tarde. Tenho outra coisa a dizer primeiro. Não creio, camaradas, estar aqui por muitos meses mais e, antes de morrer, sinto-me na obrigação de lhes transmitir a sabedoria que adquiri. Tive uma vida longa e, na solidão da minha baia, tive bastante tempo para pensar. Acho que posso dizer que entendo a natureza da vida nesta terra tão bem quanto qualquer outro animal vivo. É sobre isso que quero lhes falar.

"Então, camaradas, qual é a natureza desta nossa vida? Vamos encarar isto: nossa vida é miserável, trabalhosa e curta. Nascemos, recebemos apenas o mínimo de alimento necessário para nos manter respirando, e os aptos para o trabalho são obrigados a labutar até o fim das suas forças; e, no instante em que nossa utilidade acaba, somos abatidos com crueldade medonha. Nenhum animal na Inglaterra sabe o que é felicidade ou lazer após completar um ano de vida. Nenhum animal na Inglaterra é livre. A vida do animal é sofrimento e escravidão: essa é a verdade nua e crua.

"Mas será simplesmente assim a ordem natural das coisas? Será porque esta nossa terra é tão pobre que não tem condições de oferecer uma vida decente aos que nela habitam? Não, camaradas, mil vezes não! O solo da Inglaterra é fértil, o clima é bom, é capaz de fornecer comida em abundância a um número de animais muitíssimo maior do que os que aqui habitam. Só esta nossa fazenda comportaria uma dúzia de cavalos, vinte vacas, centenas de ovelhas — todos vivendo com um conforto e uma dignidade que agora parecem quase além da nossa imaginação. Por que então continuamos nesta situação miserável? Porque os seres humanos roubam quase todo o produto do nosso trabalho. Aí está, camaradas, a resposta para todos os nossos problemas. Resume-se a uma só palavra: homem. O homem é o nosso único inimigo real. Sem o homem no cenário, a principal causa da fome e do excesso de trabalho desaparecerá para sempre.

"O homem é a única criatura que consome sem produzir. Não dá leite, não bota ovos, é fraco demais para puxar o arado, não corre o suficiente para apanhar coelhos. No entanto, é o senhor de todos os animais. Ele os põe para trabalhar, em troca lhes dá o mínimo para evitar que morram de fome e guarda o resto para si. Nosso trabalho cultiva o solo, nosso estrume o fertiliza, e, ainda assim, nenhum de nós possui mais que a própria pele. Vocês, vacas, que vejo aqui à minha frente, quantos milhares de litros de leite terão produzido neste último ano? E o que aconteceu com esse leite que deveria estar alimentando novilhos robustos? Desceu todo pela goela de nossos inimigos. E vocês, galinhas, quantos ovos botaram este ano, e quantos desses ovos se transformaram em frangos? Todo o resto foi para o mercado, para trazer dinheiro para Jones e seus homens. E você, Flor, onde estão aqueles quatro potros que pariu, que deveriam ser o apoio e o prazer da sua velhice? Foram vendidos com um ano de idade. Você nunca tornará a vê-los. Pelos seus quatro partos e por todo o seu trabalho nos campos, o que recebeu em troca a não ser ração e uma baia?

"E a nós não é permitido sequer chegar ao fim natural desta vida miserável que levamos. Não me queixo por mim, pois sou um dos felizardos. Estou com 12 anos e tive mais de quatrocentos filhos. Tal é a vida natural de um porco. Mas nenhum animal escapa da faca cruel no fim. Ó, jovens porcos sentados aí à minha frente, dentro de um ano todos vocês hão de grunhir até morrer no cepo. A esse horror, chegaremos todos: vacas, porcos, galinhas, ovelhas, todos. Nem os cavalos e os cachorros têm melhor destino. Você, Guerreiro, no dia em que esses seus músculos poderosos se enfraquecerem, Jones o mandará para o açougueiro, que vai lhe cortar a garganta e fervê-lo para servir aos cães de caça. Quanto aos cachorros, depois de velhos e desdentados, Jones amarra-lhes um tijolo no pescoço e os afoga no lago mais próximo.

"Então, camaradas, não está claro como o dia que todos os males desta nossa vida vêm da tirania dos humanos? Basta nos livrarmos do Homem para que o produto de nosso trabalho seja nosso. Ficaremos ricos e livres quase da noite para o dia. E o que precisamos fazer? Ora, trabalhar noite e dia, de corpo e alma, pela derrubada da raça humana! Esta é minha mensagem a vocês, camaradas: Rebelião! Não sei quando chegará essa Rebelião, pode ser daqui a uma semana, ou daqui a cem anos, mas sei, com tanta certeza quanto vejo esta palha sob meus pés, que cedo ou tarde a justiça será feita. Foquem nisso, camaradas, pelo pouco tempo que lhes resta de vida! E, sobretudo, transmitam esta mensagem àqueles que os sucederão, para que as futuras gerações conduzam a luta até a vitória.

"E lembrem-se, camaradas, jamais fraquejem em sua determinação. Não se deixem desviar por nenhum argumento. Não deem ouvidos quando lhes disserem que o Homem e os animais têm um interesse comum, que a prosperidade de um é a prosperidade dos outros. É tudo mentira. O Homem não está a serviço de outra criatura que não ele mesmo. E que haja entre nós, animais, uma perfeita união, uma perfeita camaradagem na luta. Todos os homens são inimigos. Todos os animais são camaradas."

Nesse momento, houve um tremendo alvoroço. Enquanto o Major falava, quatro ratazanas haviam saído de suas tocas e o escutavam, sentadas sobre as patas traseiras. De repente, os cachorros as viram, e foi graças à rapidez com que correram para as tocas que elas se salvaram. O Major ergueu o pé, pedindo silêncio.

— Camaradas — disse —, eis aqui uma questão que tem que ser esclarecida. As criaturas silvestres, como ratos e coelhos, são nossos amigos ou inimigos? Vamos submeter isso à votação. Proponho esta pergunta à assembleia: os ratos são camaradas?

A votação foi realizada imediatamente, e ficou decidido, por esmagadora maioria, que os ratos eram camaradas. Houve apenas quatro dissidentes, os três cachorros e a gata, que, depois se descobriu, votou nos dois lados. O Major prosseguiu:

— Pouco mais tenho a dizer. Repito apenas: lembrem-se sempre de seu dever de inimizade com o Homem em todos os seus aspectos. O que quer que ande sobre duas pernas é inimigo. O que quer que ande sobre quatro pernas, ou tenha asas, é amigo. E lembrem-se também de, na luta contra o Homem, não acabarem se parecendo com ele. Mesmo depois de conquistá-lo, não adotem os seus vícios. Nenhum animal deve morar em casas, dormir em camas, usar roupas, consumir bebidas alcoólicas, fumar, tocar em dinheiro nem se envolver em comércio. Todos os hábitos do Homem são ruins. E, sobretudo, nenhum animal deve tiranizar outros animais. Fracos ou fortes, espertos ou simplórios, somos todos irmãos. Nenhum animal deve matar outro animal. Todos os animais são iguais.

"E agora, camaradas, vou lhes contar o sonho que tive ontem à noite. Não posso descrevê-lo. Sonhei com a terra como será depois que o Homem tiver desaparecido. Mas o sonho me lembrou de uma coisa que eu tinha esquecido há muito tempo. Muitos anos atrás, quando eu era um leitãozinho, minha mãe e as outras porcas cantavam uma velha canção da qual só sabiam a melodia e as três primeiras palavras. Eu conhecia essa canção desde a minha mais tenra infância, mas há muito tempo já não a tinha na memória. Ontem à noite, porém, sonhei com ela. E, ainda por cima, lembrei-me também da letra, que, tenho certeza, era cantada pelos animais do passado e foi esquecida por muitas gerações. Vou cantá-la para vocês agora, camaradas. Estou velho e minha voz é rouca, então depois que eu lhes ensinar a melodia vocês podem cantá-la melhor sozinhos. Chama-se 'Bichos da Inglaterra'."

O velho Major pigarreou e começou a cantar. Como dissera, sua voz era rouca, mas ele cantou bem, e era uma música animada, algo entre "Clementine" e "La Cucaracha".

Eis a letra:

"Bichos da Inglaterra e da Irlanda,
Destas terras, destes ares,
Ouçam esta boa nova
Que se anuncia a nossos pares.

Cedo ou tarde podem crer,
O Tirano irá ao chão
E nos campos da Inglaterra
Só os bichos pisarão.

Adeus, argolas nas ventas,
Adeus, arreios no lombo,
Freio e espora enferrujando,
Tala não mais estalando.

Mais fartura do que nunca,
Trigo, cevada e aveia,
Feno, feijão e forragem
Teremos só para nós na ceia.

Luz nos campos da Inglaterra,
Cristalinas suas águas correrão,
Bafejo de doces brisas
No dia de nossa libertação.

Batalharemos por esse dia,
Ainda que não o vejamos.
Gansos, vacas e cavalos,
Por liberdade nos movamos.

Bichos da Inglaterra e da Irlanda,
Destas terras, destes ares,
Ouçam esta boa nova
Que se anuncia a nossos pares."

A música levou os bichos à loucura. Mesmo antes que o Major chegasse ao fim, já tinham começado a cantar por conta própria. Até os mais tolos pegaram a melodia e algumas palavras soltas. Os mais espertos, como os porcos e os cachorros, decoraram letra e melodia em poucos minutos. Então, depois de algumas tentativas preliminares, a fazenda toda prorrompia em "Bichos da Inglaterra" em formidável uníssono. As vacas, os cachorros, as ovelhas, os cavalos, os patos, cada qual na sua voz, entoavam a canção. Estavam tão deliciados que a cantaram cinco vezes seguidas, e teriam cantado a noite inteira se não tivessem sido interrompidos.

Infelizmente, a algazarra acordou o sr. Jones, que pulou da cama certo de que havia uma raposa no quintal. Pegou a espingarda que sempre ficava num canto do quarto e disparou uma carga de chumbinho na escuridão. Os projéteis encravaram na parede do celeiro e a reunião se dissolveu depressa. Todos fugiram para seus respectivos locais de descanso. As aves pularam para os poleiros, os animais se acomodaram na palha e a fazenda inteira adormeceu num instante.

Capítulo 2

Três noites depois, o velho Major morreu tranquilamente enquanto dormia. Seu corpo foi sepultado no sopé do pomar.

Isso foi no início de março. Nos três meses seguintes, houve muita atividade secreta. O discurso do Major tinha dado aos animais mais inteligentes uma visão completamente nova da vida. Não sabiam quando aconteceria a Rebelião prevista pelo Major, não tinham nenhum motivo para pensar que seria enquanto estivessem vivos, mas perceberam com clareza que era seu dever preparar-se para ela. O trabalho de instruir e organizar os outros recaiu naturalmente sobre os porcos, reconhecidos como os mais inteligentes dos bichos. Destacavam-se entre os porcos dois jovens reprodutores chamados Bola de Neve e Napoleão, que o sr. Jones estava engordando para vender. Napoleão era um macho Berkshire de ar feroz, o único Berkshire na fazenda, de poucas palavras, mas conhecido por conseguir o que queria. Bola de Neve era mais vivaz que Napoleão, mais falante e mais criativo, mas não parecia ter a mesma firmeza de caráter. Todos os outros porcos da fazenda eram destinados ao abate. O mais conhecido deles era um gordinho chamado Amém, de bochechas muito redondas, olhos cintilantes, movimentos ágeis e voz estridente. Era um orador brilhante e, quando discutia alguma questão mais difícil, tinha um jeito de saltitar para lá e para cá, abanando o rabo, que era muito persuasivo. Os outros diziam que Amém era capaz de transformar o preto em branco.

Esses três haviam organizado os ensinamentos do Velho Major num sistema de pensamento completo, a que deram o nome de Animalismo. Várias noites por semana, depois que o sr. Jones adormecia, eles faziam reuniões secretas no celeiro e expunham aos outros os princípios do Animalismo. No início, a reação foi de muita burrice e apatia. Alguns animais falavam no dever de lealdade ao sr. Jones, a quem se referiam como "senhor", ou faziam comentários simplórios como "O sr. Jones nos alimenta. Se ele fosse embora, morreríamos de fome". Outros faziam perguntas como "Por que devemos nos importar com o que acontecerá depois que morrermos?" ou "Se essa Rebelião for acontecer de qualquer maneira, que diferença faz trabalharmos por ela ou não?", e os porcos tinham grande dificuldade de fazê-los perceber que isso ia contra o espírito do Animalismo. As perguntas mais idiotas eram feitas por Mollie, a égua branca. A primeiríssima pergunta que ela fez a Bola de Neve foi: "Ainda haverá açúcar depois da Rebelião?"

— Não — respondeu Bola de Neve com firmeza. — Não temos meios de produzir açúcar aqui na fazenda. Além do mais, você não precisa de açúcar. Vai ter aveia e feno à vontade.

— E vou poder continuar usando fitas na crina? — perguntou Mollie.

— Camarada — disse Bola de Neve —, essas fitas que tanto aprecia são o símbolo da escravidão. Você não entende que a liberdade vale mais que uma fita?

Mollie concordou, mas não pareceu muito convencida.

Os porcos tiveram que se esforçar mais ainda para neutralizar as mentiras espalhadas por Moisés, o corvo domesticado. Moisés, o bicho de estimação do sr. Jones, era um espião fofoqueiro, mas também um orador astuto. Afirmava saber da existência de um lugar misterioso chamado Montanha de Açúcar, para onde os bichos iam quando morriam. Ficava em algum ponto do céu, um pouco para lá das nuvens, dizia Moisés. Na Montanha de Açúcar, todo dia era domingo, o ano inteiro era época de trevo e as sebes davam torrões de açúcar e torta de linhaça. Os bichos odiavam Moisés porque ele contava histórias e não trabalhava, mas alguns acreditavam na Montanha de Açúcar, e os porcos tinham que apresentar argumentos incontestáveis para convencê-los de que o lugar não existia.

Os discípulos mais fiéis dos porcos eram os dois cavalos de tração, Guerreiro e Flor. Esses dois tinham muita dificuldade em pensar qualquer coisa pela própria cabeça, mas haviam aceitado os porcos como professores e absorviam tudo o que lhes era dito, passando adiante os ensinamentos aos outros animais com argumentos simples. Nunca faltavam aos encontros secretos no celeiro e puxavam o hino "Bichos da Inglaterra", com o qual as reuniões sempre se encerravam.

Pois bem, no fim das contas, a Rebelião aconteceu muito mais cedo e com muito mais facilidade do que se esperava. Antes, apesar de ser um patrão duro, o sr. Jones era um fazendeiro competente, mas agora andava numa fase ruim. Tinha se desanimado muito depois de perder dinheiro numa ação judicial e dera para beber mais do que devia. Passava dias inteiros sentado na cadeira Windsor da cozinha, lendo jornais, bebendo e alimentando Moisés com cascas de pão embebidas em cerveja. Seus homens eram preguiçosos e desonestos, os campos estavam infestados de ervas daninhas, as construções precisavam de reparos nos telhados, as cercas estavam descuidadas e os animais, subnutridos.

Junho chegou, e o feno estava quase pronto para o corte. Na véspera do solstício de verão, um sábado, o sr. Jones foi a Willingdon e se embebedou tanto no Red Lion que só voltou ao meio-dia de domingo. Os homens haviam ordenhado as vacas de manhã cedo e saído para caçar coelhos, sem se dar ao trabalho de alimentar os animais. Ao chegar, o sr. Jones logo foi dormir no sofá da sala com o *News of the World* sobre o rosto, de modo que quando caiu a tarde os bichos ainda não tinham comido. Isso foi a gota d'água. Uma das vacas arrebentou a chifradas a porta da tulha, e os animais começaram a se servir nas caixas. Foi aí que o sr. Jones acordou. Logo em seguida, ele e os quatro homens estavam na tulha, chicotes em punho, distribuindo golpes às cegas. Isso era mais do que os animais famintos podiam suportar. De comum acordo, embora nada tivesse sido planejado, atiraram-se sobre seus algozes. Jones e seus homens de repente se viram levando marradas e coices de todo lado. A situação estava fora de controle. Nunca haviam visto os bichos daquele jeito, e o súbito levante das criaturas que eles estavam acostumados a espancar e maltratar a seu bel-prazer deixou-os quase loucos de pavor. Em poucos instantes, desistiram de se defender e tentaram fugir. Logo depois, os cinco voavam pela trilha que levava à estrada, com os bichos triunfantes no seu encalço.

A sra. Jones olhou pela janela do quarto, viu o que se passava, jogou às pressas alguns pertences dentro de uma sacola de pano e saiu de fininho da fazenda por outro caminho. Moisés decolou do poleiro e bateu asas atrás dela, crocitando alto. Enquanto isso, os bichos tinham corrido com Jones e os homens para a estrada, fechando a porteira de cinco barras às costas deles. E assim, quando se deram conta, a Rebelião já tinha sido levada a cabo com sucesso: Jones fora expulso, e a Fazenda do Solar era deles.

Durante os primeiros minutos, os bichos mal conseguiram acreditar na sorte que tiveram. Seu primeiro ato foi galopar juntos pelos limites da fazenda, como se quisessem se certificar de que nenhum ser humano tivesse ficado escondido. Depois, voltaram correndo às construções da fazenda para apagar os últimos vestígios do odiado império de Jones. O quarto dos arreios no fundo dos estábulos foi arrombado. Os freios, as argolas de nariz, as correntes de cachorro, as facas cruéis com que o sr. Jones costumava castrar porcos e carneiros, tudo foi atirado no poço. Rédeas, cabrestos, antolhos e as degradantes cevadeiras foram jogados na fogueira que ardia no quintal. Os chicotes também. Os bichos pularam de alegria ao ver os chicotes em chamas. Bola de Neve também jogou no fogo as fitas que enfeitavam as crinas e os rabos dos cavalos em dias de feira.

— Fitas — disse — devem ser consideradas roupas, que são a marca do ser humano. Todos os animais têm que andar nus.

Quando ouviu isso, Guerreiro foi buscar o chapeuzinho de palha que usava no verão para manter as moscas longe das orelhas e o atirou no fogo com o resto.

Em pouco tempo, os bichos tinham destruído tudo o que lhes lembrava o sr. Jones. Napoleão conduziu-os de volta à tulha, serviu a todos uma ração dupla de milho e ofereceu dois biscoitos a cada cachorro. Depois cantaram "Bichos da Inglaterra" do começo ao fim sete vezes seguidas e então se deitaram e dormiram como nunca.

Mas acordaram no alvorecer como de costume e, ao lembrarem-se do glorioso acontecimento, correram todos juntos para o pasto. Logo no início do campo, havia uma elevação de onde se avistava quase toda a fazenda. Os bichos subiram e olharam em volta, à luz clara da manhã. Sim, era deles — tudo o que enxergavam era deles! Em êxtase com a ideia, saltitaram numa ciranda, dando grandes pulos de alegria. Rolaram no orvalho, comeram bocados do capim doce de verão, arrancaram torrões de terra preta e aspiraram o seu rico aroma. Depois fizeram uma ronda de inspeção na fazenda inteira e visitaram com muita admiração a lavoura, o campo de feno, o pomar, o lago, o bosque. Era como se nunca tivessem visto aquelas coisas, e mesmo agora mal podiam acreditar que tudo lhes pertencia.

Depois voltaram para as construções da fazenda e pararam em silêncio à porta da sede. Era deles também, mas ficaram com medo de entrar. Logo depois, porém, Bola de Neve e Napoleão forçaram a porta com os ombros e os bichos entraram em fila indiana, caminhando com o maior cuidado para não desordenar nada. Foram, pé ante pé, de um cômodo para o outro, temendo levantar a voz acima de um sussurro e olhando assombrados para todo aquele luxo, para as camas com seus colchões de plumas, os espelhos, o sofá de crina, o tapete de Bruxelas, a litografia da rainha Vitória sobre a lareira da sala de estar. Ao descer as escadas, deram por falta de Mollie. Voltando, descobriram que ela ficara no quarto principal. Pegara um pedaço de fita azul no toucador da sra. Jones e segurava-a junto ao ombro, admirando-se no espelho de uma forma muito tola. Repreenderam-na incisivamente e saíram.

Levaram alguns presuntos pendurados na cozinha para enterrar, e Guerreiro arrebentou com um coice o barril de cerveja da copa: Fora isso, nada na casa foi tocado. Aprovaram ali mesmo uma resolução unânime determinando que a casa fosse preservada como museu. Concordaram que nenhum bicho jamais morasse lá.

Os bichos tomaram o desjejum e tornaram a ser convocados por Bola de Neve e Napoleão.

— Camaradas — disse Bola de Neve —, são seis e meia, e temos um longo dia pela frente. Hoje começamos a colheita do feno. Mas antes há outro assunto que precisa ser discutido.

Os porcos revelaram que, nos três últimos meses, tinham aprendido a ler e escrever num velho livro de ortografia que pertencera aos filhos do sr. Jones e fora jogado no lixo. Napoleão mandou buscar latas de tinta preta e branca e conduziu os demais até a porteira das cinco barras que dava para a estrada principal. Depois, Bola de Neve (pois era quem escrevia melhor) pegou um pincel entre os dedos da pata, cobriu de tinta o nome FAZENDA DO SOLAR na barra superior da porteira e por cima pintou FAZENDA DOS BICHOS. Esse seria o nome da fazenda dali em diante. Depois voltaram para as construções da fazenda, onde Bola de Neve e Napoleão mandaram buscar uma escada de mão, que encostaram na parede do fundo do grande celeiro. Explicaram que, segundo seus estudos dos últimos três meses, os porcos haviam conseguido reduzir os princípios do Animalismo a Sete Mandamentos. Esses Sete Mandamentos agora seriam inscritos na parede; constituiriam uma lei inalterável segundo a qual todos os animais da Fazenda dos Bichos deveriam viver para sempre. Com alguma dificuldade (pois não é fácil para um porco equilibrar-se numa escada de mão), Bola de Neve subiu e pôs-se a trabalhar, com Amém alguns degraus abaixo, segurando a lata de tinta. Os Mandamentos foram escritos na parede alcatroada, em grandes letras brancas que podiam ser lidas a trinta metros de distância. Eis o que diziam:

OS SETE MANDAMENTOS

1. Qualquer coisa que ande sobre duas pernas é inimigo.
2. Qualquer coisa que ande sobre quatro pernas ou tenha asas é amigo.
3. Nenhum animal usará roupas.
4. Nenhum animal dormirá em cama.
5. Nenhum animal fará uso de bebida alcoólica.
6. Nenhum animal matará outro animal.
7. Todos os animais são iguais.

Foi tudo muito bem escrito e, exceto a palavra "inimigo" escrita "enimigo" e um dos "S" que vinha espelhado, a ortografia estava toda correta. Bola de Neve leu em voz alta para os demais. Todos os bichos balançaram a cabeça, em pleno acordo, e os mais espertos começaram logo a decorar os Mandamentos.

— Agora, camaradas — exclamou Bola de Neve, depondo o pincel —, ao campo de feno! Será questão de honra fazer a colheita mais depressa do que Jones e seus homens conseguiriam fazer.

Só que nesse momento as três vacas, que já pareciam inquietas havia algum tempo, mugiram alto. Não eram ordenhadas havia 24 horas e tinham os úberes a ponto de explodir. Depois de alguma reflexão, os porcos mandaram buscar baldes e ordenharam as vacas com bastante sucesso, suas mãos bem adaptadas para a tarefa. Em pouco tempo, havia cinco baldes de um leite espumante e cremoso, que muitos dos animais olharam com considerável interesse.

— O que vai acontecer com esse leite todo? — indagou alguém.

— Jones às vezes misturava um pouco à nossa papa — comentou uma das galinhas.

— Não se preocupem com o leite, camaradas — disse Napoleão, colocando-se na frente dos baldes. — Isso também será acertado. A colheita é mais importante. O camarada Bola de Neve abrirá o caminho. Seguirei em alguns minutos. Avante, camaradas! O feno espera.

Então os animais partiram para o campo de feno a fim de iniciar a colheita e, quando voltaram, à tardinha, perceberam que o leite desaparecera.

Capítulo 3

Como trabalharam e suaram para colher aquele feno! Mas seus esforços foram recompensados, pois a colheita teve ainda mais sucesso do que esperavam.

Às vezes o trabalho era duro; os implementos haviam sido concebidos para seres humanos e não para bichos, e foi uma grande desvantagem o fato de que nenhum animal era capaz de usar qualquer ferramenta que envolvesse ficar em pé nas patas traseiras. Mas os porcos eram tão espertos que conseguiam contornar todas as dificuldades. Quanto aos cavalos, eles conheciam cada centímetro do campo e, na verdade, sabiam ceifar e limpar muito melhor do que Jones e seus homens. Os porcos não trabalhavam de fato, apenas orientavam e supervisionavam os outros. Com seu conhecimento superior, era natural que assumissem a liderança. Guerreiro e Flor atrelavam-se à ceifadeira ou ao ancinho (não havia mais necessidade de freios ou rédeas, é óbvio) e circulavam pelo campo com um porco gritando atrás "Vamos, camarada!" ou "Meia-volta, camarada!", conforme o caso. E cada animal, até o mais humilde, trabalhou para colher e juntar o feno. Até os patos e as galinhas labutavam para lá e para cá de sol a sol, carregando pequenos tufos de feno no bico. Por fim terminaram a colheita num prazo dois dias menor do que Jones e seus homens levavam. Além disso, foi a maior colheita que a fazenda já vira. Não houve desperdício nenhum; as galinhas e os patos, com sua vista aguçada, colheram até a ultimíssima haste. E nenhum bicho na granja roubou uma bocada sequer.

Durante todo aquele verão, o trabalho na fazenda andou em perfeita sincronia. Os bichos estavam felizes como jamais tinham imaginado ser possível. Cada bocada de comida era um prazer profundo, agora que a comida era realmente deles, produzida por eles e para eles, e não distribuída a eles em pequenas quantidades por um senhor de cara amarrada. Sem os inúteis parasitas humanos, havia mais para todos comerem. Havia mais lazer também, embora os bichos fossem inexperientes nisso. Encontraram muitas dificuldades — por exemplo, no fim do ano, quando colheram o trigo, tiveram que pisá-lo à moda antiga e soprar para separá-lo do joio, pois a fazenda não possuía debulhadeira —, mas os porcos, com sua esperteza, e Guerreiro, com seus músculos fabulosos, sempre davam um jeito de superá-las. Guerreiro era a admiração de todos. Era um trabalhador dedicado mesmo na época de Jones, mas agora dava a impressão de valer por três; havia dias em que todo o trabalho da fazenda parecia recair sobre seus ombros fortes. De sol a sol, dedicava-se a puxar e empurrar, estando sempre no lugar onde o trabalho era mais duro. Fizera um trato com um dos galos para despertá-lo meia hora antes dos demais pela manhã, e se oferecia para fazer qualquer tarefa que parecesse mais necessária, antes que começasse o dia normal de trabalho. Sua resposta para todos os problemas e todos os contratempos era: "Me esforçarei ainda mais!", o que adotou como seu lema pessoal.

Mas cada um trabalhava de acordo com a sua capacidade. As galinhas e os patos, por exemplo, economizavam cinco baldes de milho na colheita ao catar os grãos extraviados. Ninguém roubava, ninguém reclamava de suas rações, as brigas, as mordidas e a ciumeira que faziam parte da vida nos velhos tempos tinham quase desaparecido. Ninguém fugia do batente — ou quase ninguém. Mollie, para dizer a verdade, não era boa em levantar cedo e tinha mania de abandonar o trabalho logo alegando estar com pedra no casco. E o comportamento da gata era um tanto peculiar. Logo se notou que, quando havia trabalho a ser feito, a gata nunca era encontrada. Ela sumia por horas a fio e depois aparecia na hora das refeições, ou à noite, depois do expediente, como se nada tivesse acontecido. Mas sempre dava ótimas desculpas e ronronava de maneira tão amorosa que era impossível não acreditar em suas boas intenções. O velho Benjamin, o burro, parecia bem pouco mudado desde a Rebelião.

Fazia o seu trabalho com a mesma lentidão obstinada dos tempos de Jones, nunca se esquivando do trabalho nem se oferecendo para tarefas extras. Sobre a Rebelião e seus resultados, não emitia opinião. Quando indagado se era mais feliz agora que Jones desaparecera, dizia apenas "Os burros vivem muito tempo. Nenhum de vocês jamais viu um burro morto", e os outros tinham que se contentar com essa resposta enigmática.

Aos domingos, não havia trabalho. O desjejum era uma hora mais tarde, e depois havia uma cerimônia que se realizava todas as semanas, religiosamente. Primeiro se hasteava a bandeira. Bola de Neve encontrara no quarto dos arreios uma velha toalha de mesa verde da sra. Jones e pintara nela, em branco, um casco e um chifre. Essa bandeira era erguida no mastro do jardim da casa nas manhãs de domingo. A bandeira era verde, explicou Bola de Neve, para representar os verdes campos da Inglaterra, ao passo que o casco e o chifre simbolizavam a futura República dos Bichos que nasceria quando a raça humana finalmente fosse derrubada. Após o hasteamento da bandeira, todos os animais iam até o grande celeiro para a assembleia geral, conhecida como Reunião. Lá planejavam o trabalho da semana seguinte e apresentavam e debatiam as resoluções. Sempre eram os porcos que apresentavam as resoluções. Os outros animais entendiam como votar, mas nunca conseguiam conceber por si mesmos uma resolução. Bola de Neve e Napoleão eram de longe os mais ativos nos debates. Mas notou-se que os dois nunca estavam de acordo: qualquer sugestão de um podia contar com a oposição do outro. Mesmo quando se resolveu — coisa a que ninguém podia fazer objeção — reservar o pequeno padoque atrás do pomar para os animais que já não trabalhavam, houve uma discussão violenta sobre a idade correta de aposentadoria para cada categoria de animal. A Reunião sempre se encerrava com a canção "Bichos da Inglaterra", e a tarde era destinada ao lazer.

Os porcos reservaram o quarto dos arreios como seu quartel-general. Ali, à noite, estudavam metalurgia, carpintaria e outras artes necessárias, em livros trazidos da sede. Bola de Neve também se ocupava da organização dos outros bichos no que chamava de Comitês de Animais. Era incansável nesse aspecto. Formou o Comitê da Produção de Ovos para as galinhas, a Liga dos Rabos Limpos para as vacas, o Comitê de Reeducação dos Camaradas Descontrolados (cujo objetivo era domar ratos e coelhos), o Movimento em Prol da Lã Mais Branca para as ovelhas e vários outros, além da criação de cursos de alfabetização. De maneira geral, esses projetos foram um fracasso. A tentativa de domar as criaturas silvestres, por exemplo, logo malogrou. Elas continuavam a agir como antes e simplesmente se aproveitavam quando tratadas com generosidade. A gata entrou para o Comitê de Reeducação e passou alguns dias sendo muito ativa. Depois foi vista sentada num telhado, falando com alguns pardais que estavam pouco além do seu alcance. Dizia-lhes que todos os bichos eram agora camaradas, e que qualquer pardal que quisesse poderia vir pousar na sua pata; mas os passarinhos se mantiveram longe.

Contudo as aulas de alfabetização foram um grande sucesso. No outono, quase todos os bichos da fazenda já sabiam, em alguma medida, ler e escrever.

Os porcos faziam os dois com perfeição. Os cachorros aprenderam a ler razoavelmente bem, mas não se interessavam em ler nada além dos Sete Mandamentos. Muriel, a cabra, sabia ler um pouco melhor que os cachorros e algumas noites lia para os outros os restos de jornal que achava no lixo. Benjamin lia tão bem quanto qualquer porco, mas nunca exercia sua competência. Na opinião dele, dizia, não havia o que valesse a pena ler. Flor aprendeu o alfabeto inteiro, mas não conseguia formar uma palavra. Guerreiro não conseguia passar da letra D. Desenhava A, B, C, D na terra, depois ficava olhando para as letras com as orelhas deitadas, às vezes sacudindo o topete, fazendo o maior esforço para se lembrar do que vinha a seguir e sempre fracassando. Em várias ocasiões, de fato, aprendeu E, F, G, H, mas aí sempre se descobria que havia esquecido o A, o B, o C e o D. Por fim, decidiu ficar satisfeito com as quatro primeiras letras, e as escrevia uma ou duas vezes por dia, para refrescar a memória. Mollie se recusava a aprender mais que as letras do seu nome. Formava-as com muito esmero usando pedaços de graveto e decorava-as com uma ou duas flores antes de se pôr a andar em volta, admirando-as.

Nenhum dos outros animais da fazenda conseguiu passar da letra A. Descobriu-se também que os bichos mais ignorantes, como as ovelhas, as galinhas e os patos, eram incapazes de decorar os Sete Mandamentos. Depois de muito refletir, Bola de Neve declarou que os Sete Mandamentos poderiam efetivamente ser reduzidos a uma única e simples máxima, a saber: "Quatro pernas bom, duas pernas mau." Aí estava contido o princípio essencial do Animalismo. Quem o entendesse estaria a salvo das influências humanas. As aves, a princípio, contestaram, pois tinham a impressão de que também possuíam duas pernas, mas Bola de Neve provou-lhes que isso não era verdade.

— As asas das aves, camaradas — disse —, são órgãos de propulsão, não de manipulação. Portanto, devem ser consideradas pernas. A marca distintiva do homem é a MÃO, o instrumento com o qual ele faz toda a sua maldade.

As aves não entenderam as extensas palavras de Bola de Neve, mas aceitaram sua explicação, e todos os animais mais humildes puseram-se a decorar a nova máxima, QUATRO PERNAS BOM, DUAS PERNAS MAU, que foi escrita na parede do fundo do celeiro, acima dos Sete Mandamentos, em letras maiores. Depois que a memorizaram, as ovelhas desenvolveram uma grande predileção por essa máxima, e volta e meia, enquanto estavam deitadas no campo, ficavam todas balindo por horas a fio sem se cansar "Quatro pernas bom, duas pernas mau!".

Napoleão não se interessou pelos comitês de Bola de Neve. Dizia que a educação dos jovens era mais importante do que qualquer coisa que se pudesse fazer para os adultos. Aconteceu que Jessie e Sininho tinham dado cria logo depois da colheita do feno, parindo nove robustos filhotes. Tão logo foram desmamados, Napoleão tirou-os das mães, dizendo que ia se responsabilizar pela educação deles. Levou-os para um sótão e lá os manteve num isolamento tal que o resto da fazenda logo se esqueceu da existência deles.

O mistério do paradeiro do leite logo se esclareceu. Era misturado todos os dias à papa dos porcos. As primeiras maçãs já amadureciam e a relva do pomar estava coberta de frutas derrubadas pelo vento. Os bichos acharam que seriam divididas equitativamente; só que um dia chegou a ordem de que todas as frutas derrubadas pelo vento deviam ser recolhidas e levadas ao quarto dos arreios para uso dos porcos. Diante disso, alguns bichos reclamaram, mas não adiantou. Os porcos todos estavam de pleno acordo quanto a essa questão, inclusive Bola de Neve e Napoleão. Amém foi enviado para dar as devidas explicações aos demais.

— Camaradas! — exclamou. — Vocês não imaginam, espero, que nós, os porcos, estejamos fazendo isso por egoísmo e em privilégio próprio. Muitos de nós, aliás, não gostamos de leite nem de maçãs. Eu sou um deles. Nosso único objetivo ao consumir essas coisas é preservar a nossa saúde. O leite e a maçã (está provado pela ciência, camaradas) contêm substâncias absolutamente necessárias ao bem-estar de um porco. Nós, porcos, trabalhamos com o cérebro. A administração e a organização desta fazenda dependem de nós. Dia e noite, velamos pelo bem-estar de vocês. É por VOCÊS que bebemos esse leite e comemos essas maçãs. Sabem o que aconteceria se nós, porcos, falhássemos no nosso compromisso? Jones voltaria! Sim! Jones voltaria! Com certeza, camaradas — gritou Amém quase em tom de súplica, saltitando de um lado para o outro e agitando o rabo. — Com certeza nenhum de nós quer ver Jones de volta, certo?

Ora, se havia uma coisa da qual os bichos tinham certeza absoluta era não quererem Jones de volta. Quando o assunto lhes foi exposto sob essa ótica, não tiveram mais o que dizer. A importância de manter os porcos bem de saúde era por demais óbvia. Então ficou resolvido sem mais discussões que o leite e as maçãs derrubadas pelo vento (assim como a safra principal de maçãs quando amadurecessem) seriam reservados exclusivamente aos porcos.

Capítulo 4

No fim do verão, a notícia do que acontecera na Fazenda dos Bichos se espalhara por metade do condado. Todos os dias, Bola de Neve e Napoleão enviavam bandos de pombos com a instrução de que se misturassem aos animais das fazendas vizinhas, contassem a história da Rebelião e ensinassem a todos a melodia de "Bichos da Inglaterra".

Jones passara a maior parte desse tempo sentado no bar do Red Lion em Willingdon, queixando-se a quem quisesse ouvir da monstruosa injustiça que sofrera ao ser expulso de sua propriedade por uma cambada de animais imprestáveis. Os outros fazendeiros em princípio se solidarizaram, mas não lhe deram muita ajuda no primeiro momento. No fundo, cada um deles se perguntava se poderia de alguma forma tirar partido da desventura de Jones. Era uma sorte o fato de que os dois proprietários das fazendas adjacentes à Fazenda dos Bichos não se dessem bem. Uma delas, chamada Foxwood, era uma fazenda grande, abandonada e antiquada, quase toda tomada pela mata, com os pastos cansados e as sebes em petição de miséria. O dono, o sr. Pilkington, era um cavalheiro agradável que passava a maior parte do tempo pescando ou caçando, conforme a estação. A outra fazenda, que se chamava Pinchfield, era menor e mais bem-cuidada. O dono era o sr. Frederick, um homem rústico e sagaz, sempre envolvido em litígios e com fama de ser bom negociador. Os dois se detestavam tanto que era difícil para eles chegar a qualquer acordo, mesmo em defesa dos próprios interesses.

Contudo, ambos estavam assustadíssimos com a rebelião na Fazenda dos Bichos e muito ansiosos para evitar que seus próprios animais viessem a saber do ocorrido. A princípio, fingiram rir e fazer pouco da ideia de bichos administrarem uma fazenda. O projeto todo estaria acabado em quinze dias, diziam. Espalharam que os animais da Fazenda do Solar (insistiam em chamá-la Fazenda do Solar; não toleravam o nome "Fazenda dos Bichos") viviam brigando entre si e também estavam morrendo de fome. Conforme o tempo passava e os bichos visivelmente não morriam de fome, Frederick e Pilkington mudaram de tom e começaram a falar na terrível perversidade que agora prosperava na Fazenda dos Bichos. Disseram que os animais ali praticavam canibalismo, torturavam uns aos outros com ferraduras em brasa e compartilhavam suas fêmeas. Isso é que dava se rebelar contra as leis da Natureza, alertavam Frederick e Pilkington.

No entanto, nunca se deu muito crédito a essas histórias. Boatos de uma fazenda maravilhosa, da qual os seres humanos haviam sido expulsos e onde os bichos administravam os próprios negócios, continuavam a circular de formas vagas e distorcidas, e durante todo aquele ano uma onda de rebeldia correu pela região. Touros que sempre haviam sido afáveis de repente viraram selvagens, ovelhas derrubavam sebes e devoravam o trevo, vacas chutavam o balde, cavalos refugavam diante das cercas e lançavam os cavaleiros do outro lado. Sobretudo, a melodia e até a letra de "Bichos da Inglaterra" eram conhecidas em toda parte. A canção se espalhara com incrível rapidez. Os seres humanos não continham a própria raiva quando ouviam esse hino, embora fingissem achá-lo meramente ridículo. Não conseguiam entender, diziam, como mesmo os animais eram capazes de cantar um lixo desprezível daqueles. Qualquer animal apanhado cantando aquilo era açoitado na hora. No entanto, a canção era irreprimível. Os melros a assoviavam nas sebes, os pombos a arrulhavam nos olmos, ela entrava nas marteladas dos ferreiros e no repicar dos sinos das igrejas. E, quando a escutavam, os seres humanos tremiam em seu íntimo, identificando nela a profecia de sua perdição.

No início de outubro, quando o trigo já havia sido colhido, empilhado e, em parte, debulhado, uma revoada de pombos chegou fazendo piruetas no ar e pousou no terreiro da Fazenda dos Bichos na maior empolgação. Jones e todos os seus homens, mais uns seis outros da Foxwood e da Pinchfield, haviam entrado pela porteira das cinco barras e subiam a trilha que levava à fazenda. Todos carregavam paus, menos Jones, que marchava à frente com uma espingarda na mão. Era evidente que iam tentar reaver a fazenda.

Isso era esperado havia muito, e todos os preparativos tinham sido feitos. Bola de Neve, que estudara um livro antigo que encontrara na sede sobre as campanhas de Júlio César, estava encarregado das operações defensivas. Rapidamente deu suas ordens, e num instante todos os animais ocuparam seus postos.

Quando os seres humanos se aproximaram das edificações, Bola de Neve lançou o primeiro ataque. Os pombos, que somavam 35, ficaram sobrevoando a cabeça dos homens e defecando em cima deles; e, enquanto os homens lidavam com isso, os gansos, que estavam escondidos atrás da sebe, avançaram e começaram a lhes bicar cruelmente as panturrilhas. Mas isso foi apenas uma pequena manobra de distração, destinada a criar um pouco de confusão, e os homens facilmente enxotaram os gansos com seus paus. Bola de Neve então lançou sua segunda linha de ataque. Muriel, Benjamin e todas as ovelhas, com Bola de Neve à frente, investiram contra os homens empurrando e dando marradas para todos os lados, enquanto Benjamin virava-se e escoiceava-os com seus pequenos cascos. Porém, de novo, os homens, com seus paus e suas botas ferradas, eram fortes demais para eles; e de repente, com um guincho de Bola de Neve, que era o sinal de retirada, todos os bichos deram meia-volta e fugiram pelo portão para dentro do terreiro.

Os homens deram um berro de triunfo. Viram, como imaginaram, seus inimigos em fuga e se lançaram em seu encalço desordenadamente. Era justo o que Bola de Neve pretendia. Tão logo os homens estavam dentro do terreiro, os três cavalos, as três vacas e o resto dos porcos, que estavam emboscados no curral, surgiram de repente na retaguarda, encurralando-os. Bola de Neve deu o sinal de investida. Ele próprio correu direto para Jones. Jones o viu chegar, levantou a espingarda e atirou. Os chumbinhos deixaram estrias sangrentas no lombo de Bola de Neve, e uma ovelha caiu morta. Sem parar um só instante, Bola de Neve lançou seus quase cem quilos contra as pernas de Jones. Jones foi atirado num monte de estrume e a espingarda lhe voou das mãos. Mas o espetáculo mais aterrorizante de todos foi Guerreiro, erguendo-se nas patas traseiras como um garanhão e golpeando com os enormes cascos ferrados. Seu primeiríssimo golpe acertou no crânio de um cavalariço da Foxwood, que caiu sem vida na lama. Diante disso, vários homens largaram os paus e tentaram correr. O pânico os venceu, e no momento seguinte todos os animais os perseguiram em volta do terreiro. Eles foram chifrados, escoiceados, mordidos, pisoteados. Não houve um bicho na fazenda que não se vingasse deles à sua moda. Até a gata de repente pulou de um telhado nos ombros de um vaqueiro e cravou-lhe as garras no pescoço, levando-o a gritar horrivelmente. Numa hora em que a saída estava livre, os homens conseguiram fugir do terreiro e dar no pé rumo à estrada principal. E assim, passados cinco minutos da invasão, batiam em retirada pelo mesmo caminho da vinda, com um bando de gansos sibilando em seu encalço e bicando-lhes as panturrilhas o tempo todo.

Todos os homens haviam fugido, menos um. No terreiro, Guerreiro pateava com o casco o cavalariço que jazia estirado de bruços na lama, tentando virá-lo. O rapaz não se mexia.

— Está morto — disse Guerreiro, pesaroso. — Não tive intenção de fazer isso. Esqueci que estava com as ferraduras. Quem vai acreditar que não fiz isso de propósito?

— Nada de sentimentalismo, camarada! — gritou Bola de Neve, cujos ferimentos ainda sangravam. — Guerra é guerra. Humano bom é humano morto.

— Eu não desejo tirar a vida de ninguém, nem mesmo de um ser humano — repetia Guerreiro, com os olhos cheios d'água.

— Cadê Mollie?! — exclamou alguém.

Mollie na verdade tinha desaparecido. Por um instante, houve grande alarme; temeu-se que os homens a tivessem machucado, ou mesmo que a tivessem levado com eles. Mas afinal foi encontrada escondida na própria baia com a cabeça enterrada no feno da manjedoura. Fugira assim que a espingarda disparara. E, quando voltaram depois de encontrá-la, os bichos descobriram que o cavalariço, que na verdade estava apenas desacordado, já se recuperara e fugira.

Tornaram então a reunir-se na maior animação, cada qual contando a plenos pulmões as próprias façanhas na batalha. Imediatamente se improvisou uma celebração da vitória. A bandeira foi hasteada e "Bichos da Inglaterra" foi entoado várias vezes, depois a ovelha morta recebeu funerais solenes, e uma muda de espinheiro foi plantada em seu túmulo. À beira do túmulo, Bola de Neve fez um pequeno discurso, sublinhando a necessidade de todos os bichos estarem dispostos a morrer pela Fazenda dos Bichos se preciso fosse.

Os animais decidiram por unanimidade criar uma condecoração militar, a "Herói Animal, Primeira Classe", conferida ali mesmo a Bola de Neve e Guerreiro. Consistia numa medalha de bronze (eram, na verdade, uns bronzes dos arreios achados no quarto dos arreios), para ser usada aos domingos e feriados. Criaram também a "Herói Animal, Segunda Classe", conferida postumamente à ovelha morta.

Discutiu-se muito qual nome deveria ser dado à batalha. Por fim foi chamada de Batalha do Curral, pois a emboscada havia sido montada lá. A espingarda do sr. Jones foi encontrada na lama, e era sabido que havia um suprimento de cartuchos na sede. Decidiu-se que a arma seria colocada ao pé do Mastro, como uma peça de artilharia, e seria disparada duas vezes por ano — uma no dia 12 de outubro, aniversário da Batalha do Curral, e outra no dia do Solstício do Verão, aniversário da Rebelião.

Capítulo 5

Com a chegada do inverno, Mollie tornou-se cada vez mais difícil. Atrasava-se para o trabalho todas as manhãs, desculpava-se dizendo que dormira demais e queixava-se de dores misteriosas, embora seu apetite fosse excelente. A qualquer pretexto, fugia do trabalho e ia para o açude, onde se deixava ficar contemplando estupidamente a própria imagem refletida na água. Mas corriam também boatos mais sérios. Um dia, quando Mollie entrou despreocupada no terreiro, balançando o longo rabo e mascando um talo de feno, Flor chamou-a de lado.

— Mollie — disse ela —, tenho uma coisa muito séria para lhe dizer. Hoje de manhã, vi você olhando por cima da sebe que divide a Fazenda dos Bichos da Foxwood. Um dos empregados do sr. Pilkington estava do outro lado. E ele, tenho quase certeza disso, embora eu estivesse longe, falava com você e você o deixava fazer carinho no seu nariz. O que isso quer dizer, Mollie?

— Ele não fez! Eu não estava! Não é verdade! — gritou Mollie, começando a empinar e patear o chão.

— Mollie! Olhe na minha cara. Você me dá sua palavra de honra de que aquele homem não fez carinho no seu nariz?

— Não é verdade — repetiu Mollie, mas não conseguia encarar Flor, e logo depois deu no pé e galopou para o campo.

Flor teve uma ideia. Sem dizer nada aos outros, foi à baia de Mollie e revirou a palha com o casco. Escondidos ali havia um montinho de torrões de açúcar e um bocado de fitas de diversas cores.

Três dias depois, Mollie desapareceu. Durante algumas semanas nada se soube sobre seu paradeiro, então os pombos informaram tê-la visto no outro extremo de Willingdon, entre os varais de uma elegante charrete pintada de vermelho e preto e estacionada em frente a uma taverna. Um homem gordo de cara vermelha, calças xadrez e polainas, com aspecto de taverneiro, afagava-lhe o nariz e dava-lhe torrões de açúcar. Mollie tinha o pelo recém-aparado e usava uma fita escarlate no topete. Parecia feliz da vida, disseram os pombos. Os bichos nunca mais falaram nela.

Em janeiro, chegou o clima inóspito. A terra parecia ferro, e nada se podia fazer nos campos. Houve muitas reuniões no grande celeiro, e os porcos se ocupavam com o planejamento do trabalho da estação vindoura. Ficara acertado que os porcos, que visivelmente eram mais espertos que os outros bichos, decidiriam todas as questões referentes à política da fazenda, embora suas decisões tivessem que ser ratificadas pelo voto da maioria. Esse acerto teria funcionado bastante bem não fossem as disputas entre Bola de Neve e Napoleão. Os dois discordavam em todos os pontos em que era possível discordar. Se um propunha semear uma lavoura maior de cevada, era certo o outro exigir uma maior de aveia, e, se um deles dissesse que tal campo era ótimo para plantar repolho, o outro declarava que só servia para plantar raízes. Cada qual tinha os seus seguidores, e havia algumas discussões violentas. Nas Reuniões, Bola de Neve quase sempre conquistava a maioria por seus brilhantes discursos, mas Napoleão era melhor em pedir apoio para si mesmo nos intervalos. Era especialmente bem-sucedido com as ovelhas. Ultimamente, as ovelhas tinham dado para balir "Quatro pernas bom, duas pernas mau" tanto quando cabia quanto quando não cabia, e muitas vezes interrompiam a Reunião com esse refrão. Notou-se que tinham uma propensão especial para prorromper em "Quatro pernas bom, duas pernas mau" em momentos cruciais dos discursos de Bola de Neve. Bola de Neve estudara com atenção alguns números antigos da revista *O Fazendeiro e o Criador de Gado* encontrados na sede e estava cheio de planos para inovações e melhorias. Falava com conhecimento sobre drenagens, silagens e escória básica, e elaborara um esquema complexo para que todos os bichos evacuassem diretamente nos campos, cada dia num ponto diferente, para poupar o trabalho do carreto. Napoleão não fazia nenhum projeto, mas dizia baixinho que os de Bola de Neve não dariam em nada, e parecia estar aguardando a oportunidade. Mas de todos os desentendimentos entre eles nenhum foi tão sério quanto o do moinho de vento.

No pasto comprido, não muito longe das construções da fazenda, havia um pequeno outeiro que era o ponto mais alto da propriedade. Depois de analisar o solo, Bola de Neve declarou que aquele era o lugar exato para a construção de um moinho de vento. O moinho acionaria um dínamo e forneceria energia elétrica para a fazenda. A energia iluminaria as baias e as aqueceria no inverno, além de fazer funcionar uma serra circular, um cortador de palha, um fatiador de beterraba forrageira e uma ordenhadeira mecânica. Os animais nunca tinham ouvido falar em nada parecido (a fazenda era antiquada e só possuía um maquinário ultrapassado) e escutaram espantados Bola de Neve evocar imagens de máquinas fantásticas que fariam o trabalho deles, deixando-os à vontade para pastar nos campos ou se dedicar à leitura e à conversação a fim de aprimorar a mente.

Em poucas semanas, o projeto de Bola de Neve para o moinho de vento estava todo pormenorizado. Os detalhes mecânicos foram retirados principalmente de três livros que tinham pertencido ao sr. Jones — *Mil coisas úteis para fazer em sua casa*, *Seja seu próprio empreiteiro* e *Eletricidade para iniciantes*. Bola de Neve usou como escritório um galpão antes destinado a incubadoras, onde havia um piso de madeira lisa no qual se podia desenhar. Passava horas a fio trancado ali. Usando uma pedra para manter os livros abertos e com um pedaço de giz entre os dedos, andava ligeiro para lá e para cá, desenhando linhas e mais linhas e soltando guinchinhos de entusiasmo. Aos poucos, o projeto se transformou numa massa complicada de manivelas e engrenagens que cobria mais da metade do piso e que os outros bichos achavam completamente ininteligível, mas muito impressionante. Todos eles iam olhar os desenhos de Bola de Neve pelo menos uma vez por dia. Até as galinhas e os patos apareciam e pelejavam para não pisar nas marcas de giz. Só Napoleão mantinha-se alheio. Desde o início, declarara-se contra o moinho. Um dia, porém, chegou de surpresa para ver o projeto. Circulou pesadamente pelo galpão, examinou com atenção cada detalhe da planta, farejando-os uma ou duas vezes, em seguida contemplou por um tempinho, de rabo de olho, os desenhos; então de repente levantou a perna, urinou no projeto e saiu sem dizer palavra.

A fazenda estava profundamente dividida em relação à questão do moinho de vento. Bola de Neve não negava que construí-lo seria um trabalho difícil. Seria necessário carregar pedras e transformá-las em paredes, depois construir as hélices, e ainda haveria a necessidade de dínamos e cabos. (Onde seriam encontrados, Bola de Neve não dizia.) Mas afirmava que tudo poderia ser feito em um ano. E dali em diante, declarou, seria poupado tanto tempo que bastariam apenas três dias de trabalho por semana. Napoleão, por outro lado, argumentava que a grande necessidade do momento era aumentar a produção de alimentos e que, se perdessem tempo com o moinho de vento, iam morrer de fome. Os bichos dividiram-se em duas facções representadas pelos slogans: "Vote em Bola de Neve e na semana de três dias" e "Vote em Napoleão e na manjedoura cheia". Benjamin foi o único animal que não tomou partido. Recusava-se a acreditar tanto que haveria mais fartura de alimentos quanto que o moinho de vento pouparia trabalho. Com moinho ou sem moinho, dizia, a vida seguiria como sempre fora — isto é, mal.

Fora as discordâncias sobre o moinho de vento, havia a questão da defesa da fazenda. Era ponto pacífico que, embora tivessem sido derrotados na Batalha do Curral, os seres humanos poderiam fazer uma tentativa mais determinada de reaver a fazenda e restaurar o sr. Jones. Tinham mais razão ainda para fazê-lo, pois as notícias de sua derrota haviam se espalhado pela região e deixado os animais das fazendas vizinhas mais relutantes do que nunca. Como sempre, Bola de Neve e Napoleão não estavam de acordo. Segundo Napoleão, o que os bichos precisavam fazer era arranjar armas de fogo e aprender a usá-las. Segundo Bola de Neve, eles deviam enviar cada vez mais pombos para incitar à rebelião os animais das outras fazendas. Um argumentava que, se não fossem capazes de se defender, fatalmente seriam conquistados. O outro argumentava que, se acontecessem rebeliões por toda parte, eles não teriam necessidade de se defender. Os bichos escutaram primeiro Napoleão, depois Bola de Neve, e não conseguiram decidir quem tinha razão; sempre se viam concordando com o orador do momento.

Afinal chegou o dia em que o projeto de Bola de Neve ficou pronto. Na Reunião do domingo seguinte, a questão de começar ou não a obra do moinho de vento foi posta em votação. Quando os animais estavam reunidos no grande celeiro, Bola de Neve se levantou e, apesar de interrompido de vez em quando pelo balido das ovelhas, apresentou suas razões para defender a construção do moinho. Depois, Napoleão levantou-se para responder. Disse com muita calma que o moinho de vento não fazia sentido, aconselhou todos a votarem contra a obra e rapidamente tornou a sentar-se; sua fala nem levara trinta segundos, e ele parecia quase indiferente ao efeito que provocara. Diante disso, Bola de Neve levantou-se de um pulo e, calando aos gritos as ovelhas, que tinham recomeçado a balir, irrompeu num apelo apaixonado em favor do moinho de vento. Até então, os bichos estavam quase igualmente divididos em sua simpatia, mas num instante a eloquência de Bola de Neve os arrebatara. Em frases brilhantes, ele pintou um retrato de como poderia ser a Fazenda dos Bichos quando o trabalho sórdido fosse retirado do lombo dos animais. Sua imaginação ia agora muito além de cortadores de palha e fatiadores de nabo. A eletricidade, disse, poderia operar debulhadoras, arados, grades, rolos compressores, segadoras e enfardadeiras, além de dotar cada baia de sua própria iluminação, de água quente e fria e de um aquecedor elétrico. Quando terminou de falar, não havia dúvida quanto ao resultado da votação. Mas, justo aí, Napoleão levantou-se e, lançando um estranho olhar de esguelha para Bola de Neve, soltou um guincho estridente de um tipo inédito.

Nesse momento, um uivo terrível ecoou do lado de fora, e nove cachorros enormes usando coleiras com tachas de bronze entraram aos saltos no celeiro. Avançaram em Bola de Neve, que pulou de onde estava bem a tempo de escapar das mandíbulas ativas. Num instante, saiu porta afora com os cachorros em seu encalço. Espantados e aterrorizados demais para falar, os bichos saíram em peso para assistir à perseguição. Bola de Neve corria pelo pasto que ia dar na estrada. Corria como só um porco sabe correr, mas os cachorros estavam em seu encalço. De repente, ele escorregou, e pareceu que tinha sido pego. Então tornou a se levantar, correndo mais do que nunca, e logo os cachorros tornaram a alcançá-lo. Um deles quase fechou as mandíbulas no rabo de Bola de Neve, que o sacudiu bem na hora. Então o porco deu mais uma arrancada e, por um triz, conseguiu escapar da mordida ao se enfiar num buraco na sebe e não foi mais visto.

Calados e apavorados, os bichos voltaram de fininho para dentro do celeiro. Num instante, chegaram os cachorros aos saltos. A princípio, ninguém fora capaz de imaginar de onde aquelas criaturas tinham vindo, mas logo o assunto foi resolvido: eram os filhotes que Napoleão tomara das mães e criara em segredo. Embora ainda não fossem adultos, eram cães enormes, de ar feroz como lobos. Mantiveram-se perto de Napoleão. Notou-se que abanavam o rabo para ele do mesmo modo como os outros cães faziam para o sr. Jones.

Napoleão, com os cães atrás, subiu na plataforma de onde o Major fizera o seu discurso. Anunciou que, daquele momento em diante, terminariam as Reuniões das manhãs de domingo. Eram desnecessárias, disse, e uma perda de tempo. No futuro, todas as questões relativas ao funcionamento da fazenda seriam resolvidas por uma comissão de porcos, presidida por ele. Essa comissão se reuniria em particular e depois comunicaria suas decisões aos outros. Os bichos continuariam a se reunir nas manhãs de domingo para saudar a bandeira, cantar "Bichos da Inglaterra" e receber as ordens da semana; mas não haveria mais debates.

Apesar do choque que a expulsão de Bola de Neve lhes causara, os animais ficaram consternados com esse anúncio. Vários deles teriam protestado se tivessem conseguido achar os argumentos certos. Até Guerreiro estava vagamente perturbado. Abaixou as orelhas, sacudiu o topete várias vezes e tentou pôr as ideias em ordem; mas acabou não conseguindo pensar em nada para dizer. Alguns porcos, porém, tinham mais capacidade de expressar seus pensamentos. Quatro jovens criados para o abate, acomodados na primeira fila, soltaram guinchos estridentes de reprovação e se levantaram de um pulo, começando a falar imediatamente. Mas de repente os cachorros sentados em volta de Napoleão deram rosnados profundos e ameaçadores, e os porcos calaram-se e tornaram a sentar-se. Então as ovelhas irromperam num espantoso balido de "Quatro pernas bom, duas pernas mau!" que durou por quase 15 minutos, pondo fim a qualquer chance de discussão.

Depois Amém foi enviado numa missão pela fazenda, para explicar aos outros o novo acordo.

— Camaradas — começou ele —, creio que cada animal aqui agradece o sacrifício que o Camarada Napoleão fez ao assumir mais esse trabalho. Não imaginem, camaradas, que a liderança é um prazer! Ao contrário, é uma enorme e pesada responsabilidade. Ninguém acredita com mais firmeza que o Camarada Napoleão na igualdade de todos os bichos. Ele gostaria muito de deixá-los tomar suas próprias decisões. Mas às vezes vocês poderiam tomar as decisões erradas, camaradas, e como ficaríamos depois? Suponham que tivessem decidido seguir Bola de Neve, com seu disparate de moinhos de vento. Bola de Neve, que, como hoje sabemos, não valia mais que um criminoso?

— Ele lutou bravamente na Batalha do Curral — interveio alguém.

— Bravura não basta — disse Amém. — Lealdade e obediência são mais importantes. E, quanto à Batalha do Curral, acredito que chegará a hora em que descobriremos que o papel de Bola de Neve nela foi muito exagerado. Disciplina, camaradas, disciplina férrea! Essa é a palavra de ordem para hoje. Um passo em falso, e nossos inimigos estarão em cima de nós. Com certeza, camaradas, vocês não querem Jones de volta, certo?

Mais uma vez, esse argumento era incontestável. Claro que os animais não queriam Jones de volta; se a realização de debates nas manhãs de domingo fossem trazê-lo de volta, então os debates deviam cessar. Guerreiro, que agora tivera tempo de refletir, expressou o sentimento geral, dizendo:

— Se o Camarada Napoleão diz, deve estar certo. — E dali em diante adotou a máxima "Napoleão tem sempre razão", acrescentando-a a seu lema particular "Me esforçarei ainda mais".

Àquela altura, o tempo melhorara e começara a lavra de primavera. O galpão onde Bola de Neve desenhara seu projeto do moinho de vento foi trancado, e presumiu-se que os desenhos do chão tivessem sido apagados. Todos os domingos, às dez horas, os animais reuniam-se no grande celeiro para receber as ordens da semana. A caveira do velho Major, agora já descarnada, fora desenterrada do pomar e colocada num toco ao pé do mastro, ao lado da espingarda. Após o hasteamento da bandeira, os bichos precisavam desfilar com reverência diante da caveira antes de entrar no celeiro. Agora não se sentavam todos juntos como no passado. Napoleão, com Amém e outro porco chamado Mínimo, que tinha um talento notável para compor canções e poemas, sentavam-se na frente da plataforma, com os nove jovens cachorros formando um semicírculo em volta deles, e os outros porcos atrás. O restante dos animais sentava-se no corpo principal do celeiro, de frente para eles. Napoleão lia as ordens da semana num azedo estilo militar, e após cantarem uma única vez "Bichos da Inglaterra" os animais se dispersavam.

No terceiro domingo após a expulsão de Bola de Neve, os bichos ficaram um tanto surpresos ao ouvir Napoleão anunciar que o moinho de vento afinal seria construído. Não deu nenhuma razão para ter mudado de ideia, mas apenas avisou os animais de que essa tarefa extra significaria trabalho muito árduo, e talvez até fosse necessário reduzir as rações. O projeto, porém, já estava todo detalhado. Uma comissão especial de porcos trabalhara nele durante as três últimas semanas. A construção do moinho de vento, com várias outras melhorias, deveria levar dois anos.

Naquela tarde, Amém explicou em particular aos outros bichos que Napoleão nunca fora de fato contra o moinho de vento. Pelo contrário, ele é que o tinha defendido no início, e o projeto que Bola de Neve traçara no chão do galpão das incubadoras fora, na verdade, roubado dos papéis de Napoleão. O moinho de vento era, na realidade, criação do próprio Napoleão. Por que, então, perguntaram, ele se opusera tanto a ele? Aí Amém mostrou-se muito astuto. Isso, disse, foi a esperteza do Camarada Napoleão. Ele DEU A IMPRESSÃO de ser contra o moinho de vento simplesmente para se ver livre de Bola de Neve, que era um grande mau-caráter e uma influência nociva. Agora, com Bola de Neve fora do caminho, o projeto podia prosseguir sem sua interferência. Tratava-se, disse Amém, de uma coisa chamada tática. Repetiu uma quantidade de vezes — "Tática, camaradas, tática!" —, saltitando em círculos e sacudindo o rabo com uma risada alegre. Os bichos não tinham muita certeza do significado da palavra, mas Amém falou de forma tão persuasiva, e os três cachorros que por acaso estavam com ele rosnaram tão ameaçadores, que eles aceitaram a explicação sem mais perguntas.

Capítulo 6

Durante aquele ano todo, os bichos trabalharam como escravos. Mas trabalhavam felizes; não relutavam em se esforçar ou se sacrificar, conscientes de que tudo o que faziam era para o bem deles mesmos e daqueles de sua espécie que estavam por vir, e não para um bando de seres humanos preguiçosos e ladrões.

Na primavera e no verão, trabalharam sessenta horas por semana, e em agosto Napoleão anunciou que haveria trabalho também nas tardes de domingo. Esse trabalho seria estritamente voluntário, mas quem faltasse teria sua ração reduzida à metade. Mesmo assim, foi necessário deixar certas tarefas por fazer. A colheita foi um pouco pior que no ano anterior, e dois campos deixaram de ser semeados com raízes no início do verão porque a lavra não fora concluída a tempo. Era possível prever que o inverno vindouro seria difícil.

O moinho de vento apresentou dificuldades inesperadas. Havia uma boa pedreira de calcário na fazenda, e grande quantidade de areia e cimento fora encontrada num dos depósitos, de modo que tinham à mão todo o material para a construção. Mas o problema que, de início, os bichos não conseguiram resolver era como quebrar a pedra em pedaços de tamanho adequado. Não parecia haver outra maneira de fazê-lo senão com picaretas e alavancas, coisas que nenhum deles conseguia usar, pois nenhum bicho conseguia ficar em pé nas pernas traseiras. Somente após semanas de esforço em vão, alguém teve a ideia certa — a saber, usar a força da gravidade. Pedras enormes, grandes demais para serem usadas como estavam, jaziam por todo o leito da pedreira. Os bichos amarravam cordas em volta dessas pedras, e depois todos juntos, vacas, cavalos, ovelhas, qualquer animal capaz de segurar as cordas — até os porcos às vezes aderiam ao esforço em momentos cruciais —, arrastavam-nas com desesperadora lentidão até o topo da pedreira, de cuja borda eram derrubadas, para se espatifarem lá embaixo. Transportar as pedras uma vez quebradas era relativamente simples. Os cavalos carregavam-nas às carradas, as ovelhas arrastavam blocos únicos, e até Muriel e Benjamin atrelaram-se a uma velha charrete e fizeram sua parte. No fim do verão, já haviam acumulado um estoque suficiente de pedras, e então começou a construção sob a superintendência dos porcos.

Só que o processo era demorado e laborioso. Quase sempre era necessário um dia inteiro de trabalho exaustivo para arrastar uma única pedra até o topo da pedreira, e às vezes, quando atirada morro abaixo, ela não quebrava. Nada poderia ter sido feito sem Guerreiro, cuja força parecia se igualar à de todos os outros bichos juntos. Quando a pedra começava a escorregar e os animais gritavam desesperados ao verem-se arrastados ladeira abaixo, era sempre Guerreiro que segurava a corda e fazia a pedra parar. Vê-lo vencendo a subida, palmo a palmo, ofegando, cravando as pontas dos cascos no chão, com os flancos molhados de suor, enchia a todos de admiração. Flor às vezes aconselhava-o a tomar cuidado para não se esforçar demais, mas ele não lhe dava ouvidos. Seus dois lemas, "Me esforçarei ainda mais" e "Napoleão tem sempre razão", pareciam-lhe uma resposta adequada a todos os problemas. Combinara com o galo para que o chamasse 45 minutos mais cedo pela manhã, em vez de meia hora. E nos momentos de folga, que ultimamente não eram muitos, ia sozinho à pedreira, juntava um monte de pedras quebradas e arrastava-as até o local do moinho sem a ajuda de ninguém.

Os bichos não viveram mal durante aquele verão, apesar da dureza do trabalho. Se não tinham mais comida do que no tempo de Jones, pelo menos não tinham menos. A vantagem de ter apenas a si mesmos para alimentar, sem precisar sustentar cinco seres humanos extravagantes de quebra, era tão grande que compensaria até mesmo muitos fracassos. E em muitos aspectos o método animal de fazer as coisas era mais eficiente e poupava trabalho. Certas tarefas, como capinar, por exemplo, podiam ser feitas com um rigor impossível a seres humanos. E, como nenhum animal roubava, era desnecessário separar os pastos das terras aráveis, o que poupava muito trabalho na manutenção de sebes e porteiras. Todavia, à medida que o verão chegava ao fim, começaram a sentir uma escassez inesperada de vários itens. Faltavam óleo de parafina, pregos, barbante, biscoitos para os cachorros, ferraduras para os cavalos, produtos que não podiam ser produzidos na fazenda. Mais tarde, faltariam também sementes e adubo artificial, além de vários tipos de ferramentas e, finalmente, o mecanismo para o moinho de vento. Como obter essas coisas, ninguém era capaz de imaginar.

Um domingo de manhã, quando os bichos se reuniram para receber as ordens, Napoleão anunciou que decidira adotar uma nova política. Daquele momento em diante, a Fazenda dos Bichos passaria a negociar com as propriedades vizinhas: sem, é claro, nenhum objetivo comercial, mas simplesmente com vistas a obter certos materiais indispensáveis. As necessidades do moinho de vento deviam passar na frente de tudo, disse. Portanto, ele estava tomando providências para vender uma pilha de fardos de feno e parte da safra de trigo daquele ano. Mais tarde, se fossem necessários mais recursos, o dinheiro teria que vir da venda de ovos, para os quais sempre havia mercado em Willingdon. As galinhas, informou Napoleão, deveriam encarar esse sacrifício como sua contribuição especial para a construção do moinho de vento.

Mais uma vez, os bichos sentiram um vago mal-estar. Nunca lidar com seres humanos, nunca se envolver em comércio, nunca usar dinheiro — não estavam esses preceitos entre as primeiras resoluções passadas naquela triunfante Reunião inaugural depois da expulsão de Jones? Todos os bichos se lembravam da aprovação dessas resoluções: ou pelo menos julgavam se lembrar delas. Os quatro jovens porcos que haviam protestado quando Napoleão aboliu as Reuniões levantaram timidamente a voz, mas logo foram silenciados por um respeitável rosnado dos cães. Depois, como sempre, as ovelhas irromperam em "Quatro pernas bom, duas pernas mau!" e o constrangimento inicial se dissipou. Por fim, Napoleão ergueu a mão pedindo silêncio e anunciou já ter tomado todas as providências. Nenhum animal precisaria entrar em contato com seres humanos, o que seria absolutamente indesejável. Ele pretendia responsabilizar-se por esse fardo. O sr. Whymper, um advogado residente em Willingdon, concordara em atuar como intermediário entre a Fazenda dos Bichos e o mundo exterior, e iria à fazenda todas as segundas-feiras pela manhã, para receber instruções. Napoleão encerrou sua fala com o costumeiro grito de "Viva a Fazenda dos Bichos!", e após cantarem "Bichos da Inglaterra" os animais foram dispensados.

Em seguida, Amém fez uma ronda na fazenda para sossegá-los. Assegurou-lhes que a resolução contra o envolvimento no comércio e o uso de dinheiro nunca fora aprovada, ou mesmo sugerida. Era pura imaginação, e sua origem devia estar nas mentiras espalhadas por Bola de Neve. Alguns animais ainda ficaram em dúvida, mas Amém lhes perguntou, astucioso:

— Têm certeza de que não sonharam, camaradas? Possuem algum registro dessa resolução? Ela está escrita em algum lugar? — E, uma vez que de fato não existia nada escrito, os animais aceitaram que tinham se enganado.

Todas as segundas-feiras, o sr. Whymper ia à fazenda, como combinado. Era um homenzinho de aspecto ladino, de suíças, advogado de uma firma muito pequena, mas perspicaz o bastante para ter percebido antes de todo mundo que a Fazenda dos Bichos precisaria de um intermediário e que as comissões seriam interessantes. Os animais olhavam suas idas e vindas com certo receio e evitavam-no o máximo possível. No entanto, ver Napoleão, de quatro, dando ordens a Whymper, de pé sobre duas pernas, elevava o orgulho deles e os reconciliava parcialmente com o novo arranjo. Suas relações com a raça humana já não eram bem as mesmas que antes.

Os seres humanos não odiavam menos a Fazenda dos Bichos agora que ela prosperava; na verdade, odiavam-na mais do que nunca. Todo humano acreditava piamente que a fazenda iria à falência cedo ou tarde e, sobretudo, que o moinho de vento seria um fracasso. Encontravam-se nas tavernas para provar uns aos outros, por meio de diagramas, que o moinho estava fadado a desabar, e que, caso se mantivesse de pé, jamais funcionaria. No entanto, a contragosto, tinham desenvolvido certo respeito pela eficiência com que os bichos administravam seus próprios assuntos. Um sintoma disso era que começaram a chamar a propriedade de Fazenda dos Bichos e pararam de fingir que seu nome era Fazenda do Solar. Tinham também deixado de defender Jones, que perdera as esperanças de reaver a fazenda e se mudara para outra região. A não ser através de Whymper, ainda não havia contato da fazenda com o mundo exterior, mas dizia-se à boca pequena que Napoleão estava prestes a entrar num acordo de negócios decisivo ou com o sr. Pilkington da Foxwood ou com o sr. Frederick da Pinchfield — porém nunca, notou-se, com os dois simultaneamente.

Foi por essa época que os porcos de repente se mudaram para a sede e lá passaram a residir. Mais uma vez, os animais pareciam se lembrar de que fora aprovada uma resolução contra isso nos primeiros dias, e de novo Amém conseguiu convencê-los de que não era esse o caso. Fazia-se absolutamente necessário, disse, que os porcos, que eram o cérebro da fazenda, tivessem um lugar sossegado onde trabalhar. Além disso, era mais adequado à dignidade do Líder (pois ultimamente dera para se referir a Napoleão pelo título de "Líder") morar numa casa do que num mero chiqueiro. No entanto, alguns animais se incomodaram quando souberam que os porcos não só faziam suas refeições na cozinha e usavam a sala de estar como local de lazer, como também dormiam nas camas. Guerreiro desconsiderou o assunto com aquele seu "Napoleão tem sempre razão!", mas Flor, que julgava lembrar-se de uma lei definida contra camas, foi para o fundo do celeiro e tentou decodificar os Sete Mandamentos lá escritos. Sentindo-se incapaz de ler mais do que algumas letras isoladas, foi buscar Muriel.

— Muriel — disse ela —, leia para mim o Quarto Mandamento. Não fala alguma coisa sobre nunca dormir em camas?

Com alguma dificuldade, Muriel soletrou o mandamento.

— Diz que "Nenhum animal dormirá em cama com lençóis" — anunciou por fim.

Curiosamente, Flor não se lembrava de o Quarto Mandamento mencionar lençóis; mas, como estava lá na parede, devia ser isso mesmo. E Amém, que por acaso ia passando naquele momento, assistido por dois ou três cachorros, conseguiu colocar toda a questão na perspectiva adequada.

— Então vocês já souberam, camaradas, que nós porcos agora dormimos nas camas da sede? E por que não? Vocês não supunham, claro, que algum dia houve uma lei contra camas, certo? A cama não passa de um lugar onde se dorme. Um monte de palha numa baia é considerado cama. A lei era contra lençóis, que são uma invenção humana. Nós retiramos os lençóis das camas da sede e dormimos entre cobertores. E são camas muito confortáveis também! Mas não mais confortáveis do que precisamos, posso lhes afirmar, camaradas, com todo o trabalho intelectual que temos de fazer atualmente. Vocês não querem nos privar do nosso repouso, querem, camaradas? Não haveriam de querer nos ver cansados demais para cumprir com nossas obrigações, certo? Garanto que nenhum de vocês quer Jones de volta.

Os bichos imediatamente o tranquilizaram quanto a isso, e não se falou mais sobre a questão de os porcos dormirem nas camas da sede. E, quando se anunciou, alguns dias depois, que os porcos dali em diante se levantariam pela manhã uma hora mais tarde do que os outros animais, também não se ouviu nenhuma queixa quanto a isso.

No outono, os bichos estavam cansados mas felizes. Haviam tido um ano duro e, depois da venda de parte do feno e do trigo, os estoques de alimentos para o inverno não eram muito fartos, porém o moinho de vento compensava tudo. Metade dele já estava construída. Depois da colheita, houve um período bom, e os bichos trabalharam mais do que nunca, achando que valia a pena passar o dia andando para cima e para baixo carregando blocos de pedra se com isso conseguissem levantar as paredes mais um palmo. Guerreiro até ia, por conta própria, trabalhar de noite por uma ou duas horas ao luar. Em seus momentos de folga, os animais passeavam em volta do moinho inacabado, admirando a força e a verticalidade de suas paredes, encantados com o fato de terem sido capazes de construir algo tão imponente. Só o velho Benjamin recusava-se a se entusiasmar com o moinho de vento, embora, como de hábito, não falasse nada além do comentário enigmático de que os burros vivem muito tempo.

Novembro chegou com violentos ventos de sudoeste. A obra precisou ser interrompida porque estava úmido demais para misturar cimento. Por fim, houve uma noite em que ventou tanto que os prédios da fazenda balançaram sobre os alicerces e várias telhas do celeiro foram arrancadas. As galinhas acordaram cacarejando de pavor, pois todas tinham sonhado ao mesmo tempo que ouviam um canhão disparar ao longe. Pela manhã, ao saírem de suas baias, encontraram o mastro derrubado e o olmo do pomar arrancado como um rabanete. Mal dera tempo de notar isso quando um grito de desespero irrompeu da garganta de todos os bichos. Tinham uma cena terrível diante dos olhos. O moinho estava em ruínas.

Correram juntos para o local. Napoleão, que quase nunca acelerava o passo, correu na frente de todo mundo. Sim, lá estava o moinho, o fruto de todos os seus esforços, completamente arrasado, as pedras, que tão penosamente haviam quebrado e carregado, espalhadas. A princípio, incapazes de articular palavras, ficaram contemplando pesarosamente as pedras caídas. Napoleão andava de um lado para o outro em silêncio, de vez em quando farejando o chão. Seu rabo se retesara e se sacudia com força de um lado para o outro, um sinal de intensa atividade mental. De repente estacou, como se tivesse se decidido.

— Camaradas — disse calmamente —, sabem quem é o responsável por isso? Conhecem o inimigo que veio na calada da noite destruir o nosso moinho? BOLA DE NEVE! — rugiu de repente com voz de trovão. — Bola de Neve fez isso! De pura maldade, pensando em destruir os nossos planos e se vingar daquela ignominiosa expulsão, esse traidor entrou aqui, protegido pela escuridão, e destruiu nosso trabalho de quase um ano. Camaradas, aqui e agora pronuncio a sentença de morte de Bola de Neve. Uma condecoração "Herói Animal, Segunda Classe" e meio balde de maçãs para o animal que o entregar à justiça. Um balde inteiro a quem o capturar vivo!

Os animais ficaram profundamente chocados ao saber que Bola de Neve poderia ser culpado de um ato daqueles. Houve um grito de indignação, e todos começaram a pensar num modo de pegar Bola de Neve se algum dia ele voltasse. Quase de imediato foram descobertas as pegadas de um porco na relva não longe do outeiro. Era um rastro de poucos metros, mas parecia conduzir a um buraco na sebe. Napoleão farejou-as profundamente e declarou que eram de Bola de Neve. Era da opinião de que Bola de Neve devia ter vindo da Fazenda Foxwood.

— Chega de esperar! — gritou Napoleão depois de examinadas as pegadas. — Mãos à obra. Agora mesmo vamos começar a reconstruir o moinho de vento, e vamos trabalhar durante todo o inverno, chova ou faça sol. Ensinaremos a esse traidor miserável que ele não pode desfazer o nosso trabalho com essa facilidade. Lembrem, camaradas, não deve haver mudança em nossos planos: eles serão cumpridos à risca. Avante, camaradas! Viva o moinho de vento! Viva a Fazenda dos Bichos!

Capítulo 7

Foi um inverno severo. Tempestades foram seguidas de granizo e neve, depois de uma geada violenta que só derreteu em fevereiro. Os bichos prosseguiram como podiam na reconstrução do moinho de vento, sabendo que o mundo exterior estava de olho neles e que os invejosos seres humanos exultariam triunfantes se a obra não fosse concluída a tempo.

Por despeito, os seres humanos fingiam não acreditar que Bola de Neve destruíra o moinho: diziam que desmoronara por ter as paredes muito finas. Os animais sabiam que isso não tinha fundamento. Mesmo assim, decidiu-se que as paredes teriam noventa centímetros de largura em vez de 45 como antes, o que significava coletar quantidades muito maiores de pedra. A pedreira passou muito tempo repleta de neve trazida pelo vento e nada pôde ser feito. Houve algum progresso durante o tempo gelado e seco que se seguiu, mas foi um trabalho cruel, e os animais já não se sentiam tão esperançosos quanto antes. Viviam com frio e quase sempre com fome. Só Guerreiro e Flor nunca desanimavam. Amém fazia discursos excelentes sobre a alegria de servir e a dignidade do trabalho, mas os outros animais encontravam mais inspiração na força de Guerreiro e em seu indefectível brado de "Me esforçarei ainda mais!"

Em janeiro, a comida escasseou. A ração de milho foi drasticamente reduzida, e anunciou-se que uma ração extra de batata seria distribuída para compensar. Então descobriu-se que a maior parte da safra de batata congelara nas pilhas, que não haviam sido cobertas adequadamente. Moles e desbotadas, sobraram poucas consumíveis. Durante dias a fio, os bichos não tiveram nada para comer senão palha e beterraba forrageira. A fome parecia encará-los de frente.

Era de vital importância esconder esse fato do mundo exterior. Encorajados pelo colapso do moinho de vento, os seres humanos estavam inventando novas mentiras sobre a Fazenda dos

Bichos. Mais uma vez, dizia-se que todos os animais morriam de fome e doença, que sempre brigavam entre si e que haviam recorrido ao canibalismo e ao infanticídio. Napoleão estava ciente dos maus resultados que poderiam advir caso a verdadeira situação alimentar fosse conhecida, e decidiu usar o sr. Whymper para espalhar uma impressão contrária. Até então, os animais haviam tido muito pouco ou nenhum contato com o sr. Whymper em suas visitas semanais: agora, porém, alguns animais selecionados, na maioria ovelhas, foram instruídos a comentar casualmente ao alcance dos ouvidos dele que as rações tinham sido aumentadas. Além disso, Napoleão deu ordem para que as caixas vazias na tulha fossem cheias de areia quase até a boca e depois completadas com grãos e farinha. Sob um pretexto adequado, Whymper foi levado à tulha e pôde ver as caixas. Foi enganado e continuou a relatar para o mundo que não faltava comida na Fazenda dos Bichos.

No fim de janeiro, porém, ficou óbvio que seria necessário conseguir mais grãos em algum lugar. Nessa época, Napoleão raramente aparecia em público, mas passava todo o tempo na sede, cujas portas eram guardadas por cães mal-encarados. Quando reaparecia, era de maneira cerimonial, com uma escolta de seis cachorros que o cercavam e rosnavam para quem se aproximava. Mesmo as Reuniões das manhãs de domingo só de vez em quando contavam com a sua presença, e era por meio de um dos outros porcos, em geral Amém, que ele transmitia suas ordens.

Em uma manhã de domingo, Amém anunciou que as galinhas, que tinham acabado de acessar os ninhos para botar de novo, deviam entregar seus ovos. Napoleão aceitara, através de Whymper, um contrato de fornecimento de quatrocentos ovos por semana. O montante arrecadado com a venda pagaria por cereais e farinha suficientes para manter a fazenda até que chegasse o verão e as condições estivessem mais fáceis.

Ao ouvir isso, as galinhas protestaram com terrível veemência. Já tinham sido avisadas de que talvez esse sacrifício fosse necessário, mas não achavam que viria a acontecer. Acabavam de preparar os ninhos para o choco de primavera, e protestaram alegando que lhes tomar os ovos agora era assassinato. Pela primeira vez desde a expulsão de Jones, havia algo parecido com uma rebelião. Lideradas por três jovens frangas da raça minorca preta, as galinhas fizeram um esforço corajoso para frustrar os desejos de Napoleão. Seu método foi voar para os caibros e ali botar seus ovos, que vinham a espatifar-se no chão. Napoleão agiu com rapidez e crueldade. Cortou a ração das galinhas e decretou que o bicho que desse um único grão de milho a uma galinha seria condenado à morte. Os cachorros garantiam que essa ordem fosse obedecida. Durante cinco dias, as galinhas resistiram, depois cederam e voltaram aos respectivos ninhos. Nove haviam morrido. Seus corpos foram sepultados no pomar, e foi divulgado que haviam morrido de coccidiose. Whymper nada ouviu sobre esse caso, e os ovos foram devidamente entregues, sendo levados semanalmente pela caminhonete do armazém.

Durante todo esse tempo, não se teve mais notícias de Bola de Neve. Corria à boca pequena que ele estava escondido numa das fazendas vizinhas, a Foxwood ou a Pinchfield. Nessa época, Napoleão andava se dando relativamente melhor com os outros fazendeiros. Acontece que havia no terreiro uma pilha de madeira deixada ali dez anos antes, após a derrubada de um bosque de faias. Estava seca, e Whymper aconselhara Napoleão a vendê-la; tanto o sr. Pilkington como o sr. Frederick estavam ansiosos para comprá-la. Napoleão hesitava entre os dois, incapaz de se decidir. Notou-se que sempre que parecia chegar a um acordo com Frederick, afirmavam que Bola de Neve estava escondido na Foxwood, ao passo que, quando se inclinava para Pilkington, diziam que Bola de Neve estava na Pinchfield.

De repente, no início da primavera, houve uma descoberta alarmante. Bola de Neve estava frequentando a fazenda à noite! Os bichos ficaram tão perturbados que mal conseguiram dormir em suas baias. Todas as noites, dizia-se, vinha sob o manto da escuridão e perpetrava toda sorte de maldades. Roubava o milho, entornava os baldes de leite, quebrava os ovos, pisoteava as sementeiras, roía a casca das árvores frutíferas. Sempre que algo dava errado, passou a ser normal pôr a culpa em Bola de Neve. Se uma janela quebrava ou um dreno entupia, alguém com certeza dizia que Bola de Neve viera à noite e fizera aquilo, e, quando a chave da tulha foi perdida, a fazenda inteira convenceu-se de que Bola de Neve a jogara no poço. Curiosamente, insistiram nisso mesmo quando a chave perdida foi encontrada embaixo de um saco de farinha. As vacas declararam todas que Bola de Neve entrara em suas baias e as ordenhara durante o sono. Dizia-se também que os ratos, que haviam sido inconvenientes durante todo o inverno, estavam mancomunados com Bola de Neve.

Napoleão decretou que fosse feita uma investigação completa das atividades de Bola de Neve. Com a assistência dos cães, saiu e fez uma cuidadosa inspeção nos prédios da fazenda, com os outros animais a segui-lo a uma distância respeitável. De poucos em poucos passos, Napoleão parava e cheirava o chão em busca do rastro de Bola de Neve, a quem, dizia ele, podia detectar pelo faro. Farejou todos os cantos, no celeiro, no curral, nos galinheiros, na horta, e encontrou vestígios de Bola de Neve em quase toda parte. Encostava o focinho no chão, dava várias fungadas profundas e exclamava numa voz terrível:

— Bola de Neve! Ele passou por aqui! Sinto distintamente o cheiro dele! — E à menção do nome "Bola de Neve" todos os cachorros soltavam rosnados horripilantes e arreganhavam os dentes.

Os animais estavam absolutamente aterrorizados. Parecia-lhes que Bola de Neve era uma espécie de influência invisível, impregnando o ar em volta deles e ameaçando-os com todas as espécies de perigo. À noite, Amém os reuniu e, com expressão alarmada, disse que tinha algumas notícias sérias para dar.

olhar muito feio para Guerreiro. Virou-se para ir embora, porém se deteve e acrescentou, peremptório: — Aviso a todos os animais desta fazenda que fiquem de olhos bem abertos. Pois temos motivos para pensar que alguns dos agentes secretos de Bola de Neve estão escondidos entre nós agora mesmo!

Quatro dias depois, no fim da tarde, Napoleão mandou que todos os animais se reunissem no terreiro. Quando estavam todos ali, Napoleão surgiu da sede, usando ambas as suas medalhas (pois recentemente concedera a si mesmo a "Herói Animal, Primeira Classe" e a "Herói Animal, Segunda Classe"), com seus nove cachorrões brincando à sua volta, emitindo rosnados que davam frio na espinha dos bichos. Todos se encolheram, calados em seus lugares, parecendo pressentir que alguma coisa estava para acontecer.

Napoleão quedou-se, observando severamente sua plateia; depois deu um guincho estridente. Imediatamente os cachorros avançaram, agarraram quatro porcos pela orelha e arrastaram-nos, aos gritos de dor e pavor, até os pés de Napoleão. As orelhas dos porcos sangravam, os cães haviam sentido gosto de sangue e, por alguns instantes, pareceram enlouquecer. Para espanto geral, três deles atiraram-se sobre Guerreiro. Vendo-os perto, este esticou a pata, apanhou um cachorro no ar e prendeu-o no chão. O cachorro ganiu pedindo misericórdia, e os dois outros fugiram de rabo entre as pernas. Guerreiro olhou para Napoleão, para saber se devia esmagar o cachorro ou soltá-lo. Napoleão pareceu mudar de expressão e, com rispidez, ordenou que soltasse o cachorro, então Guerreiro levantou a pata, e o cachorro saiu de fininho, machucado e uivando.

A confusão já diminuía. Os quatro porcos aguardavam, trêmulos, com a culpa estampada na cara. Napoleão então os intimou a confessarem seus crimes. Eram os mesmos que haviam protestado quando Napoleão aboliu as reuniões dominicais. Sem mais delongas, confessaram ter tido, em segredo, contato com Bola de Neve desde sua expulsão, ter colaborado com ele na destruição do moinho de vento e ter prometido entregar a Fazenda dos Bichos ao sr. Frederick. Acrescentaram que Bola de Neve confessou-lhes em particular ter sido durante muitos anos agente secreto de Jones. Terminada a confissão, os cães logo estraçalharam suas gargantas, e, com uma voz tenebrosa, Napoleão perguntou se algum outro bicho tinha alguma confissão a fazer.

As três galinhas que haviam liderado a tentativa de rebelião contra o sequestro dos ovos se adiantaram e declararam que Bola de Neve aparecera-lhes em sonho e incitara-as a desobedecer às ordens de Napoleão. Elas também foram massacradas. Aí veio um ganso e confessou ter escondido seis espigas de milho durante o último ano e as comido à noite. Depois, uma ovelha confessou ter urinado no açude — instada por Bola de Neve, disse — e duas outras confessaram ter assassinado um velho carneiro, um seguidor especialmente dedicado de Napoleão, perseguindo-o em volta de uma fogueira enquanto ele tinha uma crise de tosse. Foram trucidados ali mesmo. E assim prosseguiu a história das confissões e das execuções, até haver um monte de cadáveres aos pés de Napoleão e um cheiro forte de sangue no ar, que não se sentia desde a expulsão de Jones.

Quando tudo acabou, os bichos sobreviventes, exceto os porcos e os cães, saíram de fininho, em conjunto. Estavam abalados e deprimidos. Não sabiam o que era mais chocante — a traição dos animais que se mancomunaram com Bola de Neve ou a cruel represália a que tinham acabado de assistir. No passado, sempre havia cenas sangrentas igualmente terríveis, mas pareceu a todos que agora que aconteciam entre eles era muito pior. Desde que Jones deixara a fazenda até aquele dia, nenhum animal matara outro animal. Nem sequer um rato fora morto. Tinham se encaminhado para o pequeno outeiro do moinho inacabado onde, de comum acordo, todos se deitaram como se quisessem se aquecer uns encostados nos outros — Flor, Muriel, Benjamin, as vacas, as ovelhas e um bando de gansos e galinhas —, todo mundo, na verdade, salvo a gata, que desaparecera de repente, justo antes de chegar a ordem de Napoleão para que os bichos se reunissem. Durante algum tempo, ninguém abriu a boca. Só Guerreiro permanecia em pé. Andava para lá e para cá, batendo com o longo rabo nos flancos e de vez em quando soltando um pequeno gemido de surpresa. Afinal disse:

— Não entendo. Nunca acreditei que coisas assim pudessem acontecer na nossa fazenda. Isso deve ser por causa de alguma falha nossa. A solução que vejo é dar mais duro ainda. De agora em diante, vou levantar uma hora mais cedo.

E lá se foi com seu trote pesado a caminho da pedreira. Lá chegando, recolheu duas cargas de pedra e arrastou-as até o moinho de vento antes de se recolher para dormir.

Os bichos aconchegaram-se em volta de Flor, em silêncio. O outeiro onde estavam dava-lhes uma ampla perspectiva da região. A maior parte da Fazenda dos Bichos descortinava-se diante deles — o pasto grande que se estendia até a estrada, o campo de feno, o bosquezinho, o açude, os campos arados onde o trigo novo estava farto e verde, e os telhados vermelhos dos prédios da fazenda com a fumaça saindo das chaminés. Era uma tarde límpida de primavera. A relva e as sebes em brotação estavam douradas aos raios horizontais do sol. Nunca a fazenda lhes parecera — e um tanto surpresos lembraram que cada centímetro dela lhes pertencia — um lugar tão desejável. Olhando do outeiro, Flor ficou com os olhos marejados. Se pudesse dizer o que pensava, diria que isso não era o que tinham em mente quando se puseram a trabalhar pela derrubada da raça humana. Essas cenas de terror e carnificina não eram o que ansiavam naquela noite em que o velho Major os incitara pela primeira vez à rebelião. Se ela própria tivesse tido alguma visão do futuro, teria sido a de uma sociedade de animais livres da fome e do chicote, todos iguais, cada qual trabalhando de acordo com suas capacidades, os fortes protegendo os fracos, como ela protegera a ninhada perdida de patinhos na noite do discurso do Major. Em vez disso — não sabia por quê —, chegara uma época em que ninguém ousava falar o que pensava, em que cães ferozes rosnavam por toda parte e em que se tinha de assistir ao massacre de companheiros após a confissão de crimes chocantes. Não lhe passavam pela cabeça pensamentos de rebelião ou desobediência. Sabia, mesmo naquela situação, que viviam muito melhor do que na época de Jones e que acima de tudo era necessário impedir a volta dos humanos. Acontecesse o que acontecesse, ela continuaria fiel, daria duro, cumpriria as ordens que lhe dessem e aceitaria a liderança de Napoleão. Mas mesmo assim, não fora por isso que ela e os outros animais tinham torcido e trabalhado. Não fora por isso que tinham construído o moinho de vento e encarado as balas da arma de Jones. Tais eram seus pensamentos, embora lhe faltassem as palavras para expressá-los.

Por fim, sentindo que de algum modo aquilo substituía as palavras que não encontrava, começou a entoar "Bichos da Inglaterra". Os outros animais, sentados ao seu redor, cantaram o hino três vezes seguidas — com muita afinação, mas muito devagar e com tristeza, de um jeito que nunca haviam cantado.

Tinham acabado de cantar pela terceira vez quando Amém, acompanhado por dois cães, aproximou-se deles com ar solene. Anunciou que, por um decreto especial do Camarada Napoleão, o hino "Bichos da Inglaterra" fora abolido. Daquele momento em diante, era proibido cantá-lo.

Os bichos ficaram perplexos.

— Por quê? — perguntou Muriel.

— Já não é necessário — disse Amém com firmeza. — "Bichos da Inglaterra" era o hino da Rebelião. Mas a Rebelião já se completou. A execução dos traidores hoje à tarde foi o ato final. O inimigo, tanto interno quanto externo, foi derrotado. Em "Bichos da Inglaterra", expressávamos nosso desejo por uma sociedade melhor no futuro. Mas essa sociedade já se estabeleceu. Claramente, esse hino não tem mais propósito.

Embora estivessem apavorados, alguns animais poderiam ter protestado, mas aí as ovelhas começaram a entoar o refrão "Quatro pernas bom, duas pernas mau" de praxe, que durou vários minutos e encerrou a discussão.

E, assim, não mais se ouviu "Bichos da Inglaterra". Mínimo, o poeta, compusera outra canção, que começava dizendo:

"*Fazenda dos Bichos, Fazenda da Bicharada,*
Não será por mim que serás prejudicada!"

E era cantada em todas as manhãs de domingo após o hasteamento da bandeira. Mas, de algum modo, os animais não acharam nem a letra nem a melodia à altura de "Bichos da Inglaterra".

Capítulo 8

Poucos dias depois, arrefecido o terror causado pelas execuções, alguns animais lembraram — ou julgaram lembrar — que o Sexto Mandamento rezava "Nenhum animal matará outro animal". E, embora ninguém se interessasse em mencioná-lo na audiência dos porcos ou dos cães, sentia-se que as execuções ocorridas não condiziam com isso. Flor pediu a Benjamin para ler o Sexto Mandamento, e quando Benjamin, como sempre, disse que se recusava a se meter nessas questões, ela foi buscar Muriel. Muriel leu o Mandamento para ela. Dizia: "Nenhum animal matará outro animal SEM MOTIVO." Por uma razão ou outra, as últimas duas palavras haviam escapado à memória dos bichos. Mas eles viam agora que o Mandamento não fora violado; pois claramente havia boas razões para matar os traidores que se mancomunaram com Bola de Neve.

Durante aquele ano, os bichos deram mais duro ainda do que nos anos anteriores. Reconstruir o moinho de vento com paredes com o dobro da espessura, no prazo estabelecido, juntamente com o trabalho normal da fazenda era um esforço imenso. Às vezes, os animais tinham a impressão de que trabalhavam mais tempo e não se alimentavam melhor do que na época de Jones. Nas manhãs de domingo, Amém, prendendo uma comprida tira de papel com a pata, lia em voz alta para eles listas de números provando que a produção de todas as classes de gêneros alimentícios aumentara duzentos, trezentos ou quinhentos por cento, conforme o caso. Os animais não tinham por que duvidar, especialmente por já não se lembrarem com muita clareza de como eram as condições antes da Rebelião. Mesmo assim, havia dias em que preferiam ter menos números e mais comida.

Todas as ordens eram agora transmitidas através de Amém ou outro porco. O próprio Napoleão só era visto em público de quinze em quinze dias. Quando aparecia, era assistido não só por seu séquito de cães mas também por um galo preto que marchava à sua frente como uma espécie de corneteiro, soltando um *cocoricó* antes de Napoleão falar. Mesmo na sede, dizia-se, Napoleão ocupava um apartamento separado dos demais. Fazia as refeições sozinho, com dois cachorros para servi-lo, e sempre comia no aparelho de jantar Crown Derby da cristaleira da sala. Anunciou-se também que a espingarda seria disparada anualmente no dia do aniversário de Napoleão, bem como nos outros dois aniversários.

Agora não se referiam a Napoleão simplesmente como "Napoleão", mas sim como "Nosso Líder, o Camarada Napoleão", e os porcos gostavam de inventar para ele títulos como Pai de Todos os Animais, Terror da Humanidade, Protetor dos Rebanhos de Ovelhas, Amigo dos Patinhos, e assim por diante. Em seus discursos, Amém falava, com lágrimas lhe escorrendo pelo rosto, da sabedoria de Napoleão, da bondade de seu coração, do amor profundo que dedicava aos animais em toda parte, especialmente aos infelizes que ainda viviam na ignorância e na escravidão em outras fazendas. Passara a ser normal dar a Napoleão o crédito por todos os êxitos e todos os golpes de sorte. Era comum ouvir uma galinha comentar com a outra: "Sob a orientação do nosso Líder, o Camarada Napoleão, botei cinco ovos em seis dias"; ou duas vacas, bebendo juntas no açude, exclamarem: "Graças à liderança do Camarada Napoleão, que gosto maravilhoso tem essa água!" O sentimento geral na fazenda era bem expresso num poema intitulado "Camarada Napoleão", de autoria de Mínimo, que dizia o seguinte:

"Defensor dos órfãos!
Fonte de felicidade!
Senhor do balde das sobras! Oh, minh'alma arde
Em fogo quando vejo
Em teu sereno olhar de líder

O próprio sol na imensidão,
Camarada Napoleão!

És tu quem dá às criaturas
Tudo aquilo que elas amam,
Pança cheia, almoço e janta, palha limpa onde rolar;
Cada bicho, grande ou miúdo,
Dorme em paz em sua baia,
Pois tu velas por nós com prontidão,
Camarada Napoleão!

Tivesse eu um bacorinho,
Antes mesmo de chegado ao talhe
Dum quartilho ou dum rolo de pastel,
Já teria passado a ser
Teu seguidor mais leal e fiel
Cujo primeiro guincho seria o refrão:
'Camarada Napoleão!'"

Napoleão aprovou o poema e mandou escrevê-lo no grande celeiro, na parede oposta à dos Sete Mandamentos. Foi encimado por um retrato de Napoleão de perfil, executado em tinta branca por Amém.

Enquanto isso, por intermédio de Whymper, Napoleão envolveu-se em complicadas negociações com Frederick e Pilkington. A pilha de madeira ainda não fora vendida. Dos dois, Frederick era o mais ansioso para se apossar dela, mas não oferecia um preço razoável. Ao mesmo tempo, corriam novos boatos de que Frederick e seus homens planejavam atacar a Fazenda dos Bichos e destruir o moinho de vento, cuja construção lhe despertara um ciúme violento. Era sabido que Bola de Neve continuava escondido na Fazenda Pinchfield. No meio do verão, os animais ficaram alarmados ao saber que três galinhas haviam confessado que, inspiradas por Bola de

Neve, haviam participado de um complô para assassinar Napoleão. Foram executadas no ato e tomaram-se novas precauções para a segurança de Napoleão. Quatro cachorros guardavam sua cama à noite, um em cada canto, e um jovem porco chamado Rosadinho recebeu a missão de provar toda a sua comida para evitar que ele fosse envenenado.

Mais ou menos nessa época, anunciou-se que Napoleão combinara de vender a pilha de madeira ao sr. Pilkington; ia fazer também um acordo para a troca de certos produtos entre a Fazenda dos Bichos e a Foxwood. As relações entre Napoleão e Pilkington, embora mantidas apenas por intermédio de Whymper, eram agora quase amistosas. Os bichos não confiavam em Pilkington, como ser humano, mas preferiam-no a Frederick, a quem temiam e odiavam. Com o passar do verão e a iminente conclusão da obra do moinho de vento, os boatos de um próximo ataque traiçoeiro ganhavam cada vez mais força. Frederick, dizia-se, pretendia trazer contra eles vinte homens armados de espingardas e já subornara os magistrados e a polícia para que não houvesse perguntas caso conseguisse se apoderar da escritura da Fazenda dos Bichos. Além disso, vazavam de Pinchfield histórias terríveis a respeito de crueldades que Frederick cometia contra seus animais. Matara um cavalo velho a chicotadas, deixava as vacas morrerem de fome, assassinara um cachorro jogando-o na fornalha, divertia-se à noite fazendo seus galos brigarem com fragmentos de lâminas de barbear amarrados nos esporões. O sangue dos bichos fervia de raiva quando ouviam que essas coisas eram feitas com seus camaradas e às vezes pediam que lhes fosse permitido sair em bloco para atacar a Fazenda Pinchfield, expulsar os humanos e libertar os animais. Mas Amém aconselhou-os a evitar ações violentas e confiar na estratégia do Camarada Napoleão.

Todavia, a aversão a Frederick continuava forte. Um domingo de manhã, Napoleão apareceu no celeiro e explicou que nunca em tempo algum pensara em vender a pilha de madeira a Frederick; considerava indigno de sua parte, disse, fazer negócios com canalhas daquela laia. Os pombos, que ainda eram enviados para espalhar notícias da Rebelião, foram proibidos de pôr os pés em qualquer ponto da Foxwood e instruídos a substituir seu slogan de "Morte à humanidade" por "Morte a Frederick". No fim do verão, outra das maquinações de Bola de Neve veio à luz. A lavoura de trigo estava infestada de ervas daninhas, e descobriu-se que, em uma de suas visitas noturnas, Bola de Neve misturara sementes de joio às de trigo. Um ganso que participara do complô confessou sua culpa a Amém e suicidou-se em seguida comendo bagas de beladona. Os bichos também ficaram sabendo que Bola de Neve nunca — como muitos pensavam até então — recebera a medalha de Herói Animal, Primeira Classe. Tratava-se apenas de uma lenda espalhada pouco tempo depois da Batalha do Curral pelo próprio Bola de Neve. Longe de ser condecorado, ele fora censurado por demonstrar covardia na batalha. Mais uma vez, os animais ouviram isso com certa perplexidade, mas Amém logo conseguiu convencê-los de que suas memórias haviam falhado.

No outono, depois de um esforço colossal e exaustivo — pois a colheita teve que ser feita quase ao mesmo tempo —, o moinho de vento ficou pronto. Faltava ainda instalar o mecanismo, e Whymper estava negociando a sua compra, mas a estrutura estava concluída. Contra todas as dificuldades, apesar da inexperiência, dos implementos primitivos, da má sorte e da traição de Bola de Neve, a obra estava concluída exatamente no dia marcado! Esfalfados mas orgulhosos, os bichos puseram-se a dar voltas em torno de sua obra-prima, que lhes parecia mais linda ainda do que quando a construíram a primeira vez. Além disso, as paredes tinham o dobro da espessura. Agora, só explosivos poderiam derrubá-las! E quando pensaram no quanto haviam trabalhado, no desânimo que haviam superado e na enorme diferença que suas vidas conheceriam quando as hélices estivessem girando e os dínamos, funcionando — quando pensavam em tudo isso, o cansaço os abandonava e eles saltitavam em volta do moinho de vento, aos gritos de alegria. O próprio Napoleão, assistido por seus cães e seu galo, foi inspecionar a obra concluída. Cumprimentou pessoalmente os animais pela façanha e enunciou que o moinho se chamaria Moinho Napoleão.

Dois dias depois, os animais foram convidados para uma reunião especial no celeiro. Ficaram aparvalhados de surpresa quando Napoleão anunciou que vendera a pilha de madeira a Frederick. No dia seguinte, as caminhonetes de Frederick chegariam e começariam a carregá-las dali. Durante todo o período de sua aparente amizade com Pilkington, Napoleão na verdade estivera de conchavo com Frederick.

Todas as relações com a Foxwood foram cortadas; mensagens insultuosas foram enviadas a Pilkington. Os pombos receberam a ordem de evitar a Fazenda Pinchfield e mudar seu slogan de "Morte a Frederick" para "Morte a Pilkington". Ao mesmo tempo, Napoleão garantiu-lhes que as histórias de um ataque iminente à Fazenda dos Bichos eram completamente inverídicas, e que as lendas sobre a crueldade de Frederick com seus próprios animais haviam sido muito exageradas. Todos esses boatos provavelmente partiam de Bola de Neve e seus agentes. Agora parecia que Bola de Neve não estava, afinal de contas, escondido na Fazenda Pinchfield, e na verdade nunca estivera lá em toda a sua vida: vivia — em grande luxo, dizia-se — na Foxwood e na realidade recebia dinheiro de Pilkington havia anos.

Os porcos estavam extasiados com a esperteza de Napoleão. Fingindo ser amigo de Pilkington, forçara Frederick a aumentar sua oferta em doze libras. Mas a qualidade superior da mente de Napoleão, disse Amém, ficava patente no fato de ele não confiar em ninguém, nem mesmo em Frederick. Este quisera pagar pela madeira com uma coisa chamada cheque, que, ao que parecia, era um pedaço de papel com uma promessa de pagamento escrita. Mas Napoleão era muito inteligente para ele. Exigira o pagamento em notas de cinco libras, que deveriam ser entregues antes da retirada da madeira. Frederick já pagara, e a quantia era suficiente para comprar o mecanismo do moinho de vento.

Enquanto isso, a madeira era retirada a toque de caixa. Quando foi toda embora, outra reunião especial foi realizada no celeiro para que os bichos inspecionassem as notas de Frederick. Sorrindo beatificamente, e usando suas duas condecorações, Napoleão repousava numa cama de palha sobre a plataforma, com o dinheiro ao seu lado, empilhado com cuidado num prato de porcelana da cozinha da sede. Os animais passavam em fila devagar, e cada um olhava pelo tempo que desejasse. Guerreiro espichou o nariz para cheirar as notas, e os frágeis papeizinhos brancos mexeram e farfalharam com a sua respiração.

Três dias depois, houve uma confusão terrível. Whymper, branco como um defunto, subiu a trilha desabalado em sua bicicleta, largou-a no terreiro e correu para a sede. Em seguida, ouviu-se um rugido sufocado de raiva vindo do apartamento de Napoleão. A notícia do que acontecera espalhou-se pela fazenda como um rastilho de pólvora. A notas eram falsas. As notas eram falsas! Frederick ficara com a madeira de graça!

Napoleão imediatamente chamou os animais e com uma voz medonha proclamou a sentença de morte contra Frederick. Quando capturado, disse, Frederick devia ser escaldado vivo. Ao mesmo tempo, avisou-os de que depois daquela traição deveriam esperar pelo pior. Frederick e seus homens poderiam realizar o seu esperado ataque a qualquer momento. Sentinelas foram colocadas em todos os caminhos que levavam à fazenda. Além disso, quatro pombos foram enviados à Foxwood com uma mensagem conciliatória, que, esperava-se, pudesse restabelecer boas relações com Pilkington.

Logo na manhã seguinte, veio o ataque. Os animais estavam no desjejum quando as sentinelas chegaram correndo com a notícia de que Frederick e seus seguidores já haviam passado pela porteira das cinco barras. Corajosos, os animais saíram ao seu encontro, mas dessa vez não tiveram uma vitória fácil como a da Batalha do Curral. Havia quinze homens, com meia dúzia de espingardas, que abriram fogo tão logo chegaram a cinquenta metros de distância. Os animais não conseguiram enfrentar as terríveis explosões e os projéteis lancinantes e, apesar dos esforços de Napoleão e Guerreiro para reuni-los, foram logo repelidos. Muitos deles já estavam feridos. Refugiaram-se nos prédios da fazenda e ficaram espiando cuidadosamente de frestas e buracos. Todo o pasto grande, incluindo o moinho de vento, estava nas mãos do inimigo. Até Napoleão parecia perdido. Andava para cima e para baixo sem abrir a boca, o rabo esticado e trêmulo. Olhares melancólicos eram lançados na direção da Foxwood. Se Pilkington e seus homens quisessem ajudá-los, poderiam ainda ter o dia ganho. Mas naquele momento os quatro pombos enviados na véspera voltaram, um deles trazendo um pedaço de papel da parte de Pilkington. Nele, escritas a lápis liam-se as palavras: "Bem feito."

Enquanto isso, Frederick e seus homens detinham-se em volta do moinho de vento. Dois deles haviam sacado um pé de cabra e uma marreta. Iam botar abaixo o moinho de vento.

— Impossível! — exclamou Napoleão. — Construímos paredes grossas demais para isso. Nem em uma semana conseguiriam. Coragem, camaradas!

Mas Benjamin observava com atenção os movimentos dos homens. Os dois com a marreta e o pé de cabra estavam abrindo um buraco na base do moinho de vento. Lentamente, com ar quase de quem se diverte, Benjamin balançou afirmativamente o longo focinho.

— Foi o que pensei — disse. — Não veem o que eles estão fazendo? Já, já vão encher aquele buraco de pólvora.

Apavorados, os animais esperaram. Era impossível agora deixar a proteção dos prédios. Pouco depois, os homens corriam para todo lado. Então, ouviu-se um rugido ensurdecedor. Os pombos rodopiaram no ar, e os animais todos, exceto Napoleão, atiraram-se no chão, escondendo o rosto. Quando tornaram a se levantar, uma enorme nuvem de fumaça negra pairava no lugar onde se erguera o moinho de vento. Aos poucos, a brisa a dissipou. O moinho de vento desaparecera!

Diante disso, a coragem dos bichos voltou. O medo e o desespero que haviam sentido momentos antes foram afogados em sua raiva contra aquele ato vil e desprezível. Um poderoso brado de vingança subiu no ar, e sem esperar outras ordens avançaram em bloco contra o inimigo. Dessa vez, não respeitaram a saraivada de projéteis cruéis que desabava sobre eles. Foi uma batalha selvagem, cruel. Os homens atiravam sem parar e, quando os animais os alcançavam, desferiam golpes com os paus e as botas pesadas. Uma vaca, três ovelhas e dois gansos foram mortos, e quase todo mundo estava ferido. Até Napoleão, que dirigia as operações da retaguarda, teve a ponta do rabo estilhaçada por um projétil. Mas os homens também não saíram ilesos. Três deles tiveram a cabeça quebrada por coices de Guerreiro; outro, a barriga perfurada pelo chifre de uma vaca; outro, ainda, as calças quase arrancadas por Jessie e Sininho. E quando os nove cachorros da guarda pessoal de Napoleão, instruídos por ele a fazer um desvio por trás da sebe, apareceram de repente no flanco dos homens, latindo ferozmente, os humanos foram dominados pelo pânico. Viram que corriam o risco de ser cercados. Frederick gritou a seus homens que se retirassem enquanto a situação permitia, e logo o inimigo covarde fugia para salvar a pele. Os animais os perseguiram até o fundo do campo e acertaram ainda uns últimos coices enquanto eles atravessavam a sebe de espinho.

Haviam vencido, mas estavam desgastados e sangravam. Lentamente, começaram a voltar para a fazenda. A visão dos camaradas mortos estirados na relva comoveu alguns até as lágrimas. E, por um instante, detiveram-se num silêncio pesaroso no local onde se erguera o moinho de vento. Sim, ele desaparecera; quase sumira o último vestígio de seu trabalho! Até as fundações estavam parcialmente destruídas. E na reconstrução dessa vez não poderiam, como antes, usar as pedras caídas. Agora, as pedras também haviam sumido. A força da explosão as arremessara a centenas de metros. Era como se o moinho de vento nunca tivesse existido.

Quando se aproximavam da fazenda, Amém, que estivera inexplicavelmente ausente durante a luta, veio saltitando na direção deles, sacudindo o rabo e sorrindo de satisfação. E os animais ouviram, vindo da direção dos prédios da fazenda, o disparo solene de uma espingarda.

— Esse disparo é para quê? — perguntou Guerreiro.

— Para celebrar a nossa vitória! — exclamou Amém.

— Que vitória? — retrucou Guerreiro. Com os joelhos sangrando, perdera uma ferradura, rachara o casco e tinha doze projéteis cravados na pata traseira.

— Que vitória, camarada? Não expulsamos o inimigo do nosso solo? O solo sagrado da Fazenda dos Bichos?

— Mas eles destruíram o moinho de vento. E trabalhamos dois anos nele!

— E daí? Construiremos outro. Construiremos mais seis se quisermos. Você não entende, camarada, a coisa importante que fizemos. O inimigo estava ocupando este mesmo chão sobre o qual nos encontramos. E agora, graças à liderança do Camarada Napoleão, nós reconquistamos cada centímetro dele!

— Ou seja, reconquistamos o que tínhamos antes — disse Guerreiro.

— Esta é a nossa vitória — retrucou Amém.

Foram mancando até o terreiro. Os projéteis encravados sob o couro de Guerreiro causavam-lhe dor. Ele antevia o árduo trabalho de reconstrução do moinho de vento desde os alicerces e já se preparava mentalmente para a tarefa. Mas pela primeira vez ocorreu-lhe que já tinha onze anos e talvez seus músculos não fossem mais os mesmos de antes.

No entanto, quando viram a bandeira verde tremulando e escutaram a espingarda tornar a disparar — sete tiros ao todo — e ouviram o discurso de Napoleão, congratulando-os pela conduta, os bichos tiveram a impressão de que afinal haviam conquistado uma grande vitória. Os animais massacrados na batalha receberam um funeral solene. Guerreiro e Flor puxaram a carroça que serviu de carro fúnebre, e o próprio Napoleão abriu o cortejo. Dois dias inteiros foram dedicados às celebrações. Houve canções, discursos, mais disparos de espingarda, o prêmio especial de uma maçã para cada animal, com sessenta gramas de milho para cada ave e três biscoitos para cada cachorro. Anunciou-se que a batalha seria chamada de Batalha do Moinho de Vento e que Napoleão criara uma nova condecoração, a Ordem da Bandeira Verde, que conferira a si mesmo. Em meio ao entusiasmo geral, o infausto caso das notas falsas foi esquecido.

Foi alguns dias depois disso que os porcos se depararam com uma caixa de uísque no porão da sede. Passara despercebida na época da ocupação da casa. Aquela noite, vinda da sede, ouviu-se uma forte cantoria, em que, para surpresa geral, os acordes de "Bichos da Inglaterra" estavam truncados. Por volta das nove e meia, Napoleão, usando um velho chapéu-coco do sr. Jones, foi visto claramente emergindo da porta dos fundos, dando um rápido galope em volta do terreiro e tornando a sumir porta adentro. Mas, pela manhã, um silêncio profundo pairava na sede. Ao que parecia, nenhum porco se mexia. Eram quase nove horas quando Amém apareceu, abatido, andando devagar, os olhos baços, o rabo murcho, e com todo aspecto de estar seriamente doente. Chamou os animais e lhes disse que tinha uma péssima notícia para dar. O Camarada Napoleão estava morrendo!

Ouviu-se um grito de lamento. Colocaram palha do lado de fora da sede, e os bichos andavam pé ante pé. Com lágrimas nos olhos, perguntavam uns aos outros o que fariam se seu líder lhes fosse tirado. Correu o boato de que Bola de Neve conseguira afinal envenenar a comida de Napoleão. Às 11 horas, Amém saiu com outro anúncio. Como último ato sobre a terra, o Camarada Napoleão baixara um decreto solene: o consumo de bebidas alcoólicas seria punido com a morte.

À noite, porém, Napoleão pareceu um pouco melhor, e na manhã seguinte Amém pôde anunciar que vinha se recuperando bem. No fim do dia, Napoleão voltava ao trabalho, e no dia seguinte soube-se que dera instruções a Whymper para comprar em Willingdon alguns folhetos sobre fermentação e destilação. Uma semana depois, Napoleão ordenou que se arasse o pequeno padoque atrás do pomar, que já se cogitara reservar como pasto para os animais aposentados. Anunciou-se que o pasto estava cansado e precisava ser ressemeado; mas logo se soube que Napoleão pretendia semeá-lo com cevada.

Mais ou menos nessa época, aconteceu um incidente que quase ninguém conseguiu entender. Um dia, por volta de meia-noite, ouviu-se um estrondo no terreiro, e os bichos saíram correndo das baias. A noite estava iluminada pela lua. Junto à parede do fundo do grande celeiro, na qual estavam escritos os Sete Mandamentos, havia uma escada de mão partida ao meio. Amém, momentaneamente aturdido, jazia esparramado ao lado dela, tendo ao alcance da mão uma lanterna, um pincel e uma lata de tinta branca entornada. Os cachorros logo fizeram um círculo em volta de Amém e o escoltaram até a sede tão logo ele pôde andar. Os bichos não conseguiam imaginar o que significava aquilo, exceto Benjamin, que balançou o focinho com um ar entendido, como quem sabia das coisas, mas se calava.

Alguns dias mais tarde, porém, Muriel, lendo os Sete Mandamentos, notou que havia mais um de que os animais não se lembravam direito. Pensavam que o Quinto Mandamento fosse "Nenhum animal consumirá bebidas alcoólicas", mas haviam esquecido duas palavras. Na verdade, o Mandamento rezava: "Nenhum animal consumirá bebidas alcoólicas EM EXCESSO."

Capítulo 9

O casco fraturado de Guerreiro estava levando muito tempo para sarar. Começaram a reconstrução do moinho de vento um dia depois de encerradas as comemorações da vitória. Guerreiro recusou-se a tirar um dia de folga sequer e fez questão de não demonstrar sentir dor. À noite, confessava a Flor em particular que o casco o incomodava bastante. Flor tratava-o com cataplasmas de ervas que preparava mascando, e tanto ela quanto Benjamin insistiam para que Guerreiro não trabalhasse tanto.

— Pulmão de cavalo não é eterno — dizia-lhe. Mas Guerreiro não lhe dava ouvidos. Dizia que só tinha uma verdadeira ambição: ver o moinho bem adiantado antes de chegar à idade de se aposentar.

No início, quando as leis da Fazenda dos Bichos foram formuladas, estabelecera-se a idade de aposentadoria aos 12 anos para cavalos e porcos, aos 14 para as vacas, aos nove para os cães, aos sete para as ovelhas e aos cinco para as galinhas e os gansos. Estipularam-se pensões generosas por idade. Até então, nenhum bicho recebera esse tipo de pensão, mas ultimamente o assunto era cada vez mais discutido. Agora que o pequeno campo atrás do pomar fora reservado para cevada, corria à boca pequena que um canto do pasto grande deveria ser cercado e reservado aos idosos. Para os cavalos, dizia-se, a pensão seria de dois quilos e meio de milho por dia e, no inverno, oito quilos de feno, com uma cenoura ou talvez uma maçã nos feriados. O 12º aniversário de Guerreiro seria no fim do verão do ano seguinte.

Enquanto isso, a vida estava dura. O inverno foi tão frio quanto o anterior, e a comida, ainda mais escassa. Mais uma vez, todas as rações foram reduzidas, exceto as dos porcos e as dos cachorros. Uma igualdade muito rígida nas rações, explicou Amém, seria contrária ao espírito do Animalismo. De qualquer maneira, ele não teve dificuldade de provar aos outros bichos que na verdade NÃO lhes faltava comida, apesar das aparências. Por ora, certamente, fora necessário reajustar as rações (Amém sempre falava em "reajuste", nunca em "redução"), mas em comparação com o tempo de Jones a melhora era enorme. Lendo os números com uma voz estridente e corrida, provou-lhes com detalhes que tinham mais aveia, mais feno, mais nabos do que na época de Jones, que trabalhavam menos, que a água potável era de melhor qualidade, que viviam mais, que uma grande proporção de suas crias sobrevivia à infância, que tinham mais palha nas baias e sofriam menos com as pulgas. Os bichos acreditaram em cada palavra. Verdade seja dita, Jones e tudo o que ele representava praticamente já tinham se apagado de sua memória. Eles sabiam que a vida agora era dura e árida, que viviam com fome e com frio e que, em geral, quando não estavam dormindo, estavam trabalhando. Mas, sem dúvida, antes era pior. Gostavam de achar isso. Ademais, naquela época, eram escravos e agora eram livres. Isso fazia toda a diferença, como Amém nunca deixava de dizer.

Agora, havia muito mais bocas a alimentar. No outono, as quatro porcas deram cria quase simultaneamente, produzindo 31 leitõezinhos ao todo. Os leitões eram malhados, e, como Napoleão era o único porco reprodutor da fazenda, era fácil adivinhar sua linhagem. Anunciou-se que, mais tarde, depois de comprados os tijolos e a madeira, seria construída uma escola no jardim da sede. Por enquanto, os leitões eram instruídos pelo próprio Napoleão na cozinha da sede. Faziam exercícios no jardim e eram aconselhados a não brincar com os outros jovens animais. Mais ou menos nessa época, determinou-se que, ao cruzar com um porco num caminho, qualquer outro animal deveria lhe dar passagem: e também que todos os porcos, qualquer que fosse sua formação, deviam ter o privilégio de usar fitas verdes no rabo aos domingos.

A fazenda tivera um ano razoavelmente bom, mas continuava sem dinheiro. Havia tijolos, areia e cal a comprar para a escola, e também seria necessário começar a economizar para o mecanismo do moinho de vento. Depois, havia necessidade de querosene para os lampiões e de velas para a casa, de açúcar para a mesa de Napoleão (ele o proibia aos outros porcos, alegando que engordava) e de todos os itens normais de reposição, tais como ferramentas, pregos, barbante, carvão, arame, ferro de sucata e biscoitos de cachorro. Venderam um fardo de feno e parte da safra de batatas, e o contrato de fornecimento de ovos foi aumentado para seiscentos por semana, de modo que naquele ano as galinhas mal puderam produzir pintos suficientes para manter sua população estável. As rações, reduzidas em dezembro, tornaram a ser reduzidas em fevereiro, e foram proibidos lampiões nas baias, para poupar querosene. Mas os porcos pareciam bem confortáveis, e na verdade até ganhavam peso.

Uma tarde, no fim de fevereiro, um cheiro apetitoso, como os bichos nunca haviam sentido, espalhou-se pelo terreiro, vindo da casinha de fermentação, desativada na época de Jones e que ficava atrás da cozinha. Alguém disse que estavam cozinhando cevada. Os bichos farejaram o ar avidamente e se perguntaram se estaria sendo preparada uma nova papa quente para a sua janta. Mas não apareceu papa quente alguma e, no domingo seguinte, anunciou-se que dali em diante toda a cevada seria reservada aos porcos. O campo atrás do pomar já tinha sido semeado com cevada. E logo vazou a notícia de que cada porco agora recebia uma ração de um quartilho de cerveja por dia, sendo que Napoleão recebia meio galão, sempre servido na sopeira de porcelana Crown Derby.

Mas, se havia problemas a enfrentar, eles eram compensados em parte pelo fato de que a vida agora tinha uma dignidade maior. Havia mais canções, mais discursos, mais desfiles. Napoleão decretara que uma vez por semana houvesse uma coisa chamada Demonstração Espontânea, cujo objetivo era celebrar as lutas e os triunfos da Fazenda dos Bichos. Na hora marcada, os animais deviam deixar o trabalho e marchar pelo recinto da fazenda em formação militar, com os porcos à frente, vindo depois os cavalos, as vacas, as ovelhas e, por fim, as aves. Os cachorros flanqueavam o cortejo, encabeçado pelo galo negro de Napoleão. Guerreiro e Flor sempre carregavam uma faixa verde estampada com o casco e o chifre e a inscrição "Viva o Camarada Napoleão!". Em seguida, havia declamações de poemas compostos em homenagem a Napoleão e um discurso de Amém dando detalhes dos últimos aumentos na produção de alimentos, e às vezes se disparava um tiro da espingarda. As ovelhas eram as maiores apreciadoras da Demonstração Espontânea e, se algum bicho reclamava (como alguns de vez em quando faziam, quando não havia porcos nem cachorros por perto) que era perda de tempo e um sacrifício ficar em pé no frio, elas logo o calavam com um balido estrondoso de "Quatro pernas bom, duas pernas mau!". Mas, de modo geral, os bichos apreciavam essas celebrações. Achavam reconfortante ser lembrados de que, afinal de contas, eram seus próprios patrões e o trabalho que faziam era em seu próprio benefício. De modo que com os hinos, os desfiles, os números de Amém, o estampido da espingarda, o canto do galo e o tremular da bandeira, conseguiam esquecer que estavam de barriga vazia, pelo menos parte do tempo.

Em abril, a Fazenda dos Bichos foi proclamada República, e tornou-se necessário eleger um Presidente. Havia um candidato único, Napoleão, que foi eleito por unanimidade. No mesmo dia, anunciou-se a descoberta de novos documentos que revelavam mais detalhes da cumplicidade de Bola de Neve com Jones. Agora parecia que Bola de Neve não só tentara perder a Batalha do Curral por meio de um estratagema, como os bichos haviam imaginado, mas que também andara lutando abertamente ao lado de Jones. Na verdade, ele é que liderara as forças humanas e lançara-se na batalha com as palavras "Viva a humanidade!" nos lábios. Os ferimentos em seu dorso, que alguns bichos ainda se lembravam de ter visto, haviam sido causados pelos dentes de Napoleão.

No meio do verão, Moisés, o corvo, reapareceu de repente na fazenda, após uma ausência de vários anos. Pouco mudara, não trabalhava e falava no mesmo tom sobre a Montanha de Açúcar. Encarapitava-se num toco, batia as asas negras e falava por uma hora para quem quisesse ouvir.

— Lá em cima, camaradas — dizia solenemente, apontando o grande bico para o céu —, logo atrás daquela nuvem escura que vocês podem ver, lá está ela, a Montanha de Açúcar, aquela terra feliz onde nós, pobres animais, descansaremos para sempre da nossa labuta!

Afirmava inclusive ter estado lá em um de seus voos mais altos e ter visto os campos infinitos de trevo e torta de linhaça, e torrões de açúcar crescendo nas sebes. Muitos animais acreditavam. A vida deles agora, raciocinavam, era de fome e trabalho; não era certo e mais que justo que um mundo melhor existisse em algum lugar? Uma coisa difícil de determinar era a atitude dos porcos em relação a Moisés. Todos declaravam com desdém que suas histórias sobre a Montanha de Açúcar eram mentirosas, mas assim mesmo permitiam que ele continuasse na fazenda, sem trabalhar, com direito a meia xícara de cerveja por dia.

Sarado o casco, Guerreiro trabalhou mais que nunca. Aliás, todos os bichos trabalharam como escravos naquele ano. Além do trabalho normal da fazenda e da reconstrução do moinho de vento, havia a construção da escola para os jovens porcos, iniciada em março. Às vezes era difícil aguentar as longas horas sem comida suficiente, mas Guerreiro não faltava. Em nada do que dizia ou fazia havia qualquer sinal de que sua força já não era o que fora.

Só seu aspecto mudara um pouco; seu pelo estava menos lustroso e suas ancas pareciam ter encolhido. Os outros diziam: "Guerreiro vai se recuperar quando o capim de primavera brotar"; mas a primavera chegou e Guerreiro não engordou. Volta e meia, na subida para a pedreira, quando tensionava os músculos para aguentar o peso de um pedregulho, parecia que nada o mantinha em pé senão o desejo de continuar. Nesses momentos, via-se que seus lábios formavam as palavras: "Me esforçarei ainda mais", mas não lhe sobrava voz. Mais uma vez, Flor e Benjamin aconselharam-no a cuidar da saúde, mas Guerreiro não prestou atenção. Seu 12.º aniversário se aproximava. Não lhe importava o que acontecesse desde que houvesse um bom estoque de pedras acumulado antes de sua aposentadoria.

No fim de uma noite de verão, correu um boato pela fazenda de que algo acontecera com Guerreiro. Ele havia saído sozinho para puxar uma carga de pedra para o moinho de vento. E era verdade. Alguns minutos depois, dois pombos chegaram céleres com a notícia:

— Guerreiro está caído! Não consegue se levantar!

Metade dos animais da fazenda correu para o outeiro do moinho de vento. Lá estava Guerreiro, caído entre os varais da carroça, o pescoço esticado, sem conseguir sequer levantar a cabeça. Tinha os olhos vidrados e os flancos cobertos de suor. Um filete de sangue lhe escorrera pala boca. Flor ajoelhou-se ao seu lado.

— Guerreiro! — exclamou. — Como você está?

— É o meu pulmão — disse ele num fio de voz. — Não tem importância. Acho que vocês conseguirão terminar o moinho de vento sem mim. Tem uma boa quantidade de pedras acumulada. De qualquer maneira, só faltava um mês para eu me aposentar. Para dizer a verdade, andei torcendo para esta hora chegar. E, como Benjamin também está ficando velho, talvez o deixem se aposentar junto, para me fazer companhia.

— Temos que conseguir ajuda já — disse Flor. — Alguém vá correndo contar a Amém o que aconteceu.

Os outros bichos todos correram à sede para dar a notícia a Amém. Só ficaram Flor e Benjamin, que se deitou ao lado de Guerreiro e, sem dizer palavra, pôs-se a afastar dele as moscas com seu rabo comprido. Mais ou menos 15 minutos depois, Amém apareceu, todo solidário e preocupado. Disse que o Camarada Napoleão, com a mais profunda tristeza, soubera daquele infortúnio com um dos trabalhadores mais leais da fazenda e já estava tomando providências para que Guerreiro fosse tratar-se no hospital em Willingdon. Os bichos sentiram-se meio incomodados com isso. Exceto Mollie e Bola de Neve, ninguém mais havia saído da fazenda, e eles não gostavam de imaginar um camarada doente entregue nas mãos de seres humanos. No entanto, Amém facilmente os convenceu de que o cirurgião-veterinário de Willingdon poderia tratar o caso de Guerreiro muito melhor do que eles na fazenda. Mais ou menos meia hora depois, quando Guerreiro já se recuperara um pouco, conseguiram colocá-lo em pé, e ele pôde ir mancando para sua baia, onde Flor e Benjamin lhe haviam preparado uma boa cama de palha.

Pelos dois dias seguintes, Guerreiro permaneceu na baia. Os porcos enviaram um vidro grande de um remédio cor-de-rosa que haviam encontrado no armário de remédios do banheiro, e Flor ministrava-o ao amigo duas vezes ao dia, após as refeições. À noite, deitava-se a seu lado e conversava com ele, enquanto Benjamin espantava as moscas. Guerreiro declarava não lamentar o que tinha ocorrido. Se tivesse uma boa recuperação, poderia esperar viver mais três anos, e aguardava ansioso os dias pacatos que passaria no canto do pasto grande. Seria a primeira vez que teria tempo livre para estudar e aprimorar a mente. Pretendia, disse, dedicar o resto da vida ao aprendizado das restantes 22 letras do alfabeto.

No entanto, Benjamin e Flor só podiam estar com Guerreiro depois das horas de trabalho, e foi durante o dia que a carroça chegou para levá-lo. Os bichos estavam todos no batente, capinando nabos sob a supervisão de um porco, e espantaram-se quando Benjamin chegou galopando dos lados da sede, zurrando a plenos pulmões. Era a primeira vez que viam Benjamin agitado — aliás, era a primeira vez que alguém o via galopar.

— Depressa, depressa! — gritava. —Venham logo! Estão levando Guerreiro embora.

Sem esperar ordens do porco, os bichos largaram o trabalho e correram para os prédios da fazenda. De fato, no terreiro encontraram uma carroça grande, puxada por dois cavalos, com uma inscrição na lateral e um homem de ar sonso com um chapéu-coco sentado na boleia. E a baia de Guerreiro estava vazia.

Os bichos aglomeraram-se em volta da carroça.

— Adeus, Guerreiro! — entoaram em coro. —Adeus!

— Tolos! Tolos! — gritou Benjamin, empinando em volta deles e batendo com os pequenos cascos no chão. — Tolos! Não veem o que está escrito na lateral da carroça?

Isso fez os animais refletirem, e pediu-se silêncio. Muriel começou a soletrar as palavras, mas Benjamin empurrou-a para um lado e, em meio a um silêncio sepulcral, leu:

— "Alfred Simmonds, Açougueiro de Cavalos e Fabricante de Cola, Willingdon. Comerciante de Couros e Farinha de Ossos. Fornece para Canis." Vocês não entendem o que isso significa? Estão levando Guerreiro para o matadouro.

Um grito de horror explodiu do peito bichos. Nesse momento, o homem da boleia chicoteou sua parelha e a carroça deixou o terreiro num trote elegante. Os bichos foram atrás, gritando a plenos pulmões. Flor forçou passagem até a frente. A carroça começou a ganhar velocidade. Flor tentou fazer com que suas pernas fortes galopassem e conseguiu um meio galope.

— Guerreiro! — gritou com uma voz assustadora. — Guerreiro! Saia daí! Saia depressa! Estão levando você para o matadouro!

Os bichos aderiram ao grito de "Saia daí, Guerreiro! Saia daí!", mas a carroça já ganhava velocidade e se afastava deles. Não se sabia ao certo se Guerreiro havia entendido o que Flor dissera. Mas logo depois sua cara desapareceu da janela e ouviu-se o barulho de uma tremenda percussão de cascos dentro da carroça. Ele distribuía coices para se safar dali. Houvera um tempo em que alguns coices de Guerreiro teriam transformado a carroça em palitinhos. Mas que pena! Sua força o abandonara; e pouco depois o barulho de cascos diminuiu e desapareceu. Desesperados, os animais começaram a apelar aos dois cavalos, que estacaram.

— Camaradas, camaradas! — gritavam. — Não levem seu irmão para a morte! — Mas os bichos, muito ignorantes para perceber o que estava acontecendo, limitaram-se a deitar as orelhas e apertar o passo. A cara de Guerreiro não tornou a aparecer na janela. Alguém pensou em correr à frente e fechar a porteira das cinco barras, mas já era tarde demais, e logo a carroça passava e desaparecia rapidamente na estrada. Guerreiro nunca mais foi visto.

Três dias depois, anunciou-se que ele tinha morrido no hospital de Willingdon, apesar de ter recebido todas as atenções que um cavalo poderia receber. Amém veio dar a notícia. Estivera presente nos últimos momentos de Guerreiro, disse.

— Foi a cena mais comovente que já vi! — disse Amém, erguendo a pata e enxugando uma lágrima. — Eu estive à sua cabeceira até o último instante. E, no fim, quase fraco demais para falar, ele sussurrou no meu ouvido que sua única tristeza era morrer antes da conclusão do moinho de vento. "Avante, camaradas!", sussurrou. "Avante em nome da Rebelião. Viva a Fazenda dos Bichos! Viva o Camarada Napoleão! Napoleão tem sempre razão." Estas foram suas últimas palavras, camaradas.

Aí a atitude de Amém mudou de repente. Ele calou-se por um momento, e seus olhinhos dispararam olhares desconfiados de um lado para o outro antes de prosseguir.

Chegara ao seu conhecimento, disse, que correra um boato idiota e perverso no momento do traslado de Guerreiro. Alguns animais haviam notado que a carroça que o levou tinha a inscrição "Açougueiro de Cavalos" e chegaram precipitadamente à conclusão de que Guerreiro estava sendo mandado para o matadouro. Era quase inacreditável, disse Amém, que um bicho pudesse ser tão idiota. Com certeza, gritou indignado, sacudindo o rabo e saltitando de um lado para o outro, com certeza todos sabiam muito bem quem era o seu amado Líder, o Camarada Napoleão, certo? Mas a explicação era realmente muito simples. A carroça pertencera antes ao abatedouro e fora comprada pelo cirurgião-veterinário, que ainda não apagara o nome antigo. Eis como surgira o equívoco.

Os bichos ficaram aliviadíssimos com isso. E, quando Amém continuou dando detalhes minuciosos do leito de morte de Guerreiro, dos extraordinários cuidados que recebera e dos remédios caros pelos quais Napoleão pagara sem pensar no custo, suas últimas dúvidas desapareceram e a tristeza que sentiam pela morte do camarada foi amenizada pela ideia de que pelo menos ele morrera feliz.

O próprio Napoleão apareceu na Reunião do domingo seguinte e pronunciou uma curta oração em homenagem a Guerreiro. Não fora possível, disse, trazer de volta os despojos do saudoso camarada para o enterro na fazenda, mas ele mandara que uma grande coroa fosse feita com os louros do jardim da sede e fosse enviada para ser depositada no túmulo de Guerreiro. E anunciou que poucos dias depois os porcos pretendiam dar um banquete em memória de Guerreiro. Napoleão encerrou seu discurso relembrando duas das máximas prediletas de Guerreiro: "Me esforçarei ainda mais" e "O Camarada Napoleão tem sempre razão" — máximas, disse ele, que todo animal devia adotar.

No dia marcado para o banquete, chegou de Willingdon a caminhonete de um armazém e entregou um grande caixote de madeira na sede. Naquela noite, ouviu-se uma cantoria animada, seguida por algo que parecia uma discussão violenta e que terminou por volta de 11 horas com um grande estrondo de vidro sendo quebrado. Ninguém se mexeu na sede antes do meio-dia, e circulou a história de que os porcos de algum jeito tinham conseguido dinheiro para comprar outra caixa de uísque.

Capítulo 10

Passaram-se anos. As estações iam e vinham, a curta vida dos animais voava. Chegou um momento em que ninguém mais se lembrava dos velhos tempos de antes da Rebelião, a não ser Flor, Benjamin, o corvo Moisés e alguns porcos.

Muriel morreu; Sininho, Jessie e Belisco morreram. Jones também morreu numa casa para alcoólatras em outra parte do condado. Bola de Neve foi esquecido. Guerreiro foi esquecido, exceto pelos poucos que o conheceram. Flor era agora uma égua velha e corpulenta, de juntas enrijecidas e com tendência a apresentar secreção ocular. Já haviam passado dois anos da idade de se aposentar, mas a verdade era que nenhum animal chegara de fato a se aposentar. A conversa de reservar um canto do pasto para os animais idosos havia muito já fora esquecida. Napoleão era agora um reprodutor maduro de dez arrobas. Amém estava tão gordo que mal conseguia abrir os olhos. Só o velho Benjamin continuava o mesmo, apenas com o focinho mais grisalho e, desde a morte de Guerreiro, mais sombrio e taciturno que nunca.

Agora havia muito mais criaturas na fazenda, embora o crescimento populacional não fosse tão grande quanto se esperava nos primeiros anos. Haviam nascido muitos animais para quem a Rebelião não passava de uma vaga tradição, transmitida oralmente, e haviam sido comprados outros que nunca tinham ouvido falar em tal coisa antes de sua chegada. Na fazenda agora havia três cavalos além de Flor. Eram bichos honrados, trabalhadores dispostos e bons camaradas, mas muito ignorantes. Nenhum deles mostrou-se capaz de aprender o alfabeto além da letra B. Aceitavam tudo o que lhes era dito sobre a Rebelião e os princípios do Animalismo, especialmente por Flor, por quem tinham um respeito quase filial; mas era duvidoso que entendessem grande coisa.

A fazenda estava mais próspera e mais bem organizada: fora até aumentada pela aquisição de dois campos do sr. Pilkington. O moinho de vento acabara sendo concluído com sucesso, e a fazenda possuía uma debulhadeira e um elevador de feno próprios e várias novas construções haviam sido acrescentadas. Whymper comprara uma charrete. No entanto, acabou que o moinho de vento não fora usado para gerar energia elétrica. Era usado para moer cereais, e dava um bom dinheiro. Os bichos estavam envolvidos na construção de outro moinho; quando estivesse pronto, dizia-se, os dínamos seriam instalados. Mas não se falava mais nos luxos com que Bola de Neve os fizera sonhar: as baias com luz elétrica e água quente e fria e a semana de três dias. Napoleão denunciara essas ideias como contrárias ao espírito do Animalismo. A verdadeira felicidade, dizia, estava em trabalhar duro e viver com simplicidade.

De algum modo, era como se a fazenda tivesse enriquecido sem que nenhum bicho tivesse enriquecido junto, a não ser, claro, os porcos e os cachorros. Talvez em parte isso se devesse ao fato de lá haver tantos porcos e tantos cachorros. Não que essas criaturas não trabalhassem, à maneira delas. Havia, como Amém não se cansava de explicar, um sem-fim de trabalho na supervisão e na organização da fazenda, sobretudo de um tipo que escapava ao entendimento dos outros animais, ignorantes demais. Por exemplo, Amém lhes dizia que os porcos tinham que dedicar esforços enormes a coisas chamadas "arquivos", "relatórios" e "memorandos", ou grandes folhas de papel que precisavam ser todas cobertas com escritos e logo em seguida eram jogadas no fogo. Isso era da maior importância para o bem-estar da fazenda, afirmava Amém. Mas, mesmo assim, nem porcos nem cachorros produziam qualquer tipo de alimento com o próprio trabalho; e eles eram muitos, sempre com bom apetite.

Quanto aos outros, sua vida, ao que sabiam, continuava como sempre fora. Costumavam viver com fome, dormiam na palha, bebiam no açude, trabalhavam nos campos; no inverno, sofriam com o frio e, no verão, com as moscas. Às vezes os mais velhos puxavam pela vaga memória e tentavam determinar se nos primeiros dias da Rebelião, quando a expulsão de Jones ainda era recente, as coisas eram melhores ou piores que agora. Não conseguiam lembrar. Não tinham nenhum termo de comparação com a vida atual: não tinham em que se basear, exceto pelas listas de números de Amém, que invariavelmente demonstravam que tudo estava cada vez melhor. Os bichos consideravam o problema insolúvel; em todo caso, agora não tinham tempo para especular sobre essas coisas. Só o velho Benjamin afirmava lembrar-se de cada detalhe de sua longa vida para saber que a situação nunca fora, nem nunca poderia ser, muito melhor nem muito pior — sendo a fome, as adversidades e a decepção, dizia ele, a lei inalterável da vida.

No entanto, os bichos nunca perdiam a esperança. Mais ainda, nunca perderam, sequer por um instante, o sentimento de honra, de privilégio por serem membros da Fazenda dos Bichos. Aquela continuava sendo a única fazenda do condado — de toda a Inglaterra! — pertencente a animais e por eles administrada. Nenhum deles, nem mesmo os mais jovens, nem mesmo os recém-trazidos de fazendas situadas a 15 ou trinta quilômetros de distância, jamais cessava de se maravilhar com isso. E, quando ouviam o tiro da espingarda e viam a bandeira verde tremulando no mastro, o coração deles inchava de orgulho, e a conversa sempre se voltava para o passado heroico da expulsão de Jones, da instituição dos Sete Mandamentos, das grandes batalhas em que os invasores humanos tinham sido derrotados. Nenhum dos velhos sonhos fora abandonado. A República dos Bichos que o Major previra, quando os verdes campos da Inglaterra não mais seriam pisados por seres humanos, era um ideal em que ainda acreditavam. Um dia se tornaria realidade. Até o hino "Bichos da Inglaterra" talvez fosse cantarolado em segredo aqui e ali: fosse como fosse, era fato que todo animal da fazenda o sabia, embora nenhum deles se atrevesse a cantá-lo em voz alta. Talvez fosse verdade que a vida era dura e que nem todas as suas esperanças haviam se realizado, mas eles tinham consciência de que não eram como os outros animais. Se passavam fome, não era por alimentarem seres humanos tirânicos; se davam duro, pelo menos trabalhavam para si mesmos. Nenhuma criatura entre eles andava sobre duas pernas. Nenhuma criatura tratava a outra de "Senhor". Todos os animais eram iguais.

Um dia, no início do verão, Amém ordenou às ovelhas que o seguissem e conduziu-as a um terreno no outro extremo da fazenda, infestado de mudas de vidoeiro. As ovelhas passaram o dia inteiro ali, pastando as folhas sob a supervisão de Amém. À tardinha, ele voltou para a sede, mas, como o tempo estava quente, disse às ovelhas que permanecessem onde estavam. Elas acabaram ficando lá a semana toda, durante a qual os outros bichos não as viram. Amém passava com elas a maior parte do dia. Estava, disse, ensinando-lhes uma nova canção, e isso exigia privacidade.

Foi logo depois do retorno das ovelhas, numa noite agradável enquanto os bichos voltavam para as construções da fazenda após o trabalho, que se ouviu, vindo do terreiro, o relincho assustador de um cavalo. Assustados, os animais estacaram. Era a voz de Flor. Ela tornou a relinchar, e todos os bichos correram a galope para o terreiro. Então viram o que Flor havia visto.

Era um porco andando nas patas traseiras.

Sim, era Amém. De modo um tanto canhestro, como se não estivesse muito habituado a sustentar seu peso considerável naquela posição, mas em perfeito equilíbrio, passeava pelo terreiro. Pouco depois, saiu pela porta da sede uma longa fila de porcos, todos eles andando nas patas traseiras. Uns melhor que outros, um ou dois até meio desequilibrados, como se achassem bem-vindo o apoio de uma bengala, mas todos deram a volta no terreiro com sucesso. E, por fim, após um estrondoso coro de latido dos cães e um canto agudo do galo negro, eis que surge o próprio Napoleão, majestoso em duas pernas, lançando olhares arrogantes para os lados, com os cães brincando em volta.

Segurava um chicote na pata.

Houve um silêncio mortal. Espantados, apavorados, chegando-se uns aos outros, os bichos olhavam os porcos marcharem em fila ao redor do terreiro. Era como se o mundo estivesse de cabeça para baixo. Então chegou um momento em que, passado o primeiro choque e apesar de tudo, apesar do pavor dos cachorros e do hábito desenvolvido durante muitos anos de nunca se queixarem, nunca criticarem, acontecesse o que acontecesse, poderiam ter dito uma palavra de protesto. Mas justo nesse instante, como se obedecessem a um sinal, todas as ovelhas irromperam em uníssono num espantoso balido.

— Quatro pernas bom, duas pernas MELHOR! Quatro pernas bom, duas pernas MELHOR!

Baliram durante cinco minutos sem parar. E, quando se calaram, a oportunidade de protesto passara, pois os porcos já haviam marchado de volta para dentro da sede.

Benjamin sentiu um focinho esfregar-lhe o garrote. Olhou em volta. Era Flor. Seus olhos cansados pareciam mais toldados do que nunca. Sem dizer palavra, ela puxou-o delicadamente pela crina e o levou para o fundo do grande celeiro, onde estavam escritos os Sete Mandamentos. Durante um ou dois minutos, ficaram olhando a parede escura com suas letras brancas.

— Minha vista está falhando — disse ela, afinal. — Nem quando eu era moça dava para ler o que estava escrito ali. Mas estou achando a parede diferente. Os Sete Mandamentos continuam os mesmos, Benjamin?

Pela primeira vez, Benjamin consentiu em quebrar sua regra e leu para ela o que estava escrito na parede. Nada havia ali, exceto um único Mandamento, que dizia:

TODOS OS BICHOS SÃO IGUAIS,
MAS UNS SÃO MAIS IGUAIS QUE OUTROS

Depois disso, não pareceu estranho quando, no dia seguinte, os porcos que estavam supervisionando o trabalho na fazenda surgiram carregando chicotes nas patas. Não pareceu estranho que tivessem comprado um rádio, estivessem providenciando a instalação de um telefone e a assinatura de revistas e jornais. Nem pareceu estranho quando Napoleão foi visto passeando no jardim da sede com um cachimbo na boca — e nem mesmo quando os porcos retiraram as roupas do sr. Jones dos armários e as vestiram, o próprio Napoleão aparecendo com um paletó preto, calções de caça e perneiras de couro, enquanto sua porca favorita exibia-se com o vestido de *moiré* que a sra. Jones usava aos domingos.

Uma semana depois, à tarde, chegaram várias charretes na fazenda. Uma representação de fazendeiros vizinhos fora convidada para fazer uma visita de inspeção. Mostraram-lhes a fazenda toda, e eles manifestaram grande admiração por tudo o que viram, especialmente o moinho de vento. Os bichos estavam capinando o campo de rabanetes. Trabalhavam com diligência, mal levantando os olhos do chão, sem saber se tinham que temer mais os porcos do que os visitantes humanos.

Naquela noite, ruidosas gargalhadas e explosões de cantoria chegaram da sede. E, de repente, ao ouvirem as vozes misturadas, os bichos ficaram curiosos. O que poderia estar acontecendo lá dentro, agora que pela primeira vez os animais e os seres humanos se encontravam em pé de igualdade? Em conjunto, insinuaram-se no maior silêncio possível no jardim da sede.

No portão hesitaram, meio receosos de continuar, mas acompanharam Flor, que tomou a dianteira. Andaram pé ante pé até a casa, e os mais altos espiaram pela janela da sala de jantar. Lá dentro, em volta de uma mesa comprida, estavam sentados seis fazendeiros e seis dos porcos mais eminentes, Napoleão ocupando o lugar de honra à cabeceira. Os porcos pareciam totalmente à vontade nas cadeiras. O grupo andara jogando cartas, mas interrompera o jogo por ora, obviamente para fazer um brinde. Um grande jarro circulava, e as canecas estavam sendo reabastecidas de cerveja. Ninguém notou as caras admiradas dos bichos que espiavam pela janela.

O sr. Pilkington, da Foxwood, levantara-se com a caneca na mão. Já, já ia convidar os presentes a fazer um brinde, disse. Antes, porém, achava-se no dever de fazer um pequeno pronunciamento.

Era motivo de grande satisfação para ele — e tinha certeza de que para todos os presentes — sentir que um longo período de desconfiança e desentendimento chegara ao fim. Houvera um tempo, não que ele, ou qualquer um dos que ali se encontravam, tivesse tais sentimentos, mas houvera um tempo em que os respeitados proprietários da Fazenda dos Bichos eram olhados, ele não diria que com hostilidade, mas talvez com certa dose de apreensão por seus vizinhos humanos. Tinham ocorrido incidentes infaustos, e ideias equivocadas eram correntes. Achara-se que a existência de uma fazenda pertencente a porcos e por eles operada fosse uma coisa anormal e pudesse ter um efeito desestabilizador na vizinhança. Muitos fazendeiros presumiram, sem as devidas averiguações, que em tal fazenda prevaleceria um espírito de licenciosidade e indisciplina. Tinham andado aflitos com os efeitos de tudo isso nos seus animais, ou mesmo nos seus empregados humanos. Mas todas essas dúvidas estavam agora dissipadas. Hoje ele e seus amigos tinham visitado a Fazenda dos Bichos, inspecionando cada centímetro com os próprios olhos, e o que acharam? Não só os métodos mais modernos como também uma disciplina e uma ordem que deviam servir de exemplo a todos os fazendeiros. Julgava ter razão ao dizer que os animais inferiores da Fazenda dos Bichos trabalhavam mais e recebiam menos comida do que quaisquer animais do condado. De fato, ele e seus companheiros visitantes haviam observado naquele dia muitos recursos que desejavam introduzir imediatamente nas próprias fazendas.

Finalizaria seus comentários, disse, enfatizando mais uma vez os sentimentos de amizade que perduravam, e deviam perdurar, entre a Fazenda dos Bichos e seus vizinhos. Entre os porcos e os seres humanos não havia nem precisava haver quaisquer conflitos de interesse. Suas lutas e suas dificuldades eram uma só. O problema do trabalho não era o mesmo em toda parte?. Aí ficou evidente que o sr. Pilkington estava prestes a contemplar o grupo com um dito espirituoso, mas por um momento esteve dominado demais pelo próprio gracejo para conseguir proferi-lo. Depois de muita sufocação, durante a qual seus vários queixos ficaram roxos, conseguiu soltá-lo:

— Se vocês têm seus animais inferiores para enfrentar — disse —, nós temos nossas classes inferiores! — Este BON MOT deixou a mesa às gargalhadas; e o sr. Pilkington mais uma vez parabenizou os porcos pelas pequenas rações, pelas longas horas de trabalho e pela ausência de mimos que observara na Fazenda dos Bichos.

E agora, disse por fim, convidaria o grupo para se pôr de pé e verificar se seus copos estavam cheios.

— Cavalheiros — concluiu o sr. Pilkington —, cavalheiros, proponho um brinde: à prosperidade da Fazenda dos Bichos!

Eles aplaudiram e bateram os pés no chão com entusiasmo. Napoleão estava tão satisfeito que deixou o seu lugar e deu a volta na mesa para brindar com seu copo no do sr. Pilkington antes de esvaziá-lo. Quando os vivas acabaram, Napoleão, que permanecera de pé, declarou que também tinha algumas palavras a dizer.

Como todos os discursos de Napoleão, aquele foi curto e direto. Ele também, declarou, estava feliz com o fim do período de desentendimentos. Por muito tempo houvera rumores — espalhados, tinha razões para pensar, por algum inimigo maldoso — de que havia algo de subversivo e até de revolucionário na visão dele e de seus colegas. Atribuiu-se a eles a tentativa de fomentar a rebelião entre os animais das fazendas vizinhas. Nada poderia estar mais longe da verdade! Seu único desejo, agora como no passado, era viver em paz e mantendo relações profissionais normais com seus vizinhos. Esta fazenda que ele tinha a honra de controlar, acrescentou, era um empreendimento cooperativo. Os títulos de propriedade, que estavam em seu poder, pertenciam a todos os porcos em conjunto.

Não acreditava que ainda restassem quaisquer suspeitas, mas haviam sido feitas certas mudanças na rotina da fazenda cujo efeito deveria ser promover ainda mais confiança. Até então, os animais haviam conservado o hábito um tanto tolo de se dirigir uns aos outros como "Camarada". Isso seria abolido. Houvera também outro hábito estranho, de origem desconhecida, de desfilar nas manhãs de domingo diante da caveira de um porco pregada num poste no jardim. Isso também seria abolido, e a caveira já fora enterrada. Seus visitantes poderiam ter observado, inclusive, a bandeira verde que tremulava no mastro. Nesse caso, talvez tivessem notado que já não trazia estampados em branco os emblemas do chifre e do casco. De agora em diante, seria uma bandeira toda verde.

Tinha, acrescentou, apenas uma crítica a fazer ao excelente discurso amistoso do sr. Pilkington, que se referira o tempo todo à "Fazenda dos Bichos". Obviamente o vizinho não poderia saber — uma vez que ele, Napoleão, só agora anunciava pela primeira vez — que a denominação de "Fazenda dos Bichos" fora abolida. Doravante, a fazenda deveria ser conhecida como a "Fazenda do Solar" — que, no seu entender, era seu nome correto e original.

— Cavalheiros — concluiu Napoleão. — Farei o mesmo brinde, mas de forma diferente. Encham até a borda seus copos. Cavalheiros, eis o meu brinde: à prosperidade da Fazenda do Solar!

Houve os mesmos vivas calorosos de antes, e as canecas foram esvaziadas. Mas os bichos, ao contemplarem a cena pela janela, tiveram a impressão de que aconteciam algumas coisas estranhas. O que mudara na cara dos porcos? Os olhos cansados de Flor iam de uma cara a outra. Umas tinham cinco queixos, outras, quatro, outras, três. Mas o que parecia estar derretendo e se modificando? Então, terminados os aplausos, o grupo pegou as cartas, continuando a partida interrompida, e os bichos se retiraram de mansinho.

Mas não tinham andado nem vinte metros quando estacaram. Da sede, ouvia-se um tumulto de vozes. Voltaram depressa e tornaram a espiar pela janela. Sim, estava havendo uma discussão violenta. Havia gritos, murros na mesa, olhares desconfiados, furiosas negativas. A origem da briga parecia estar no fato de Napoleão e o sr. Pilkington terem baixado ao mesmo tempo um ás de espadas. Doze vozes gritavam iradas, e eram todas iguais. Não havia dúvida, agora, quanto ao que acontecera às caras dos porcos. As criaturas de fora olhavam de um porco para um homem, de um homem para um porco, e de novo de um porco para um homem; mas já era impossível dizer quem era quem.

Novembro de 1943 - fevereiro de 1944

Sobre o autor

George Orwell (1903-1950) nasceu em Motihari, na Índia, filho de pai inglês e mãe francesa. Ainda criança, retornou com os pais para a Inglaterra. Entre 1922 e 1927, porém, o escritor voltou ao Oriente para servir nas forças imperiais da Birmânia, atual Myanmar. Marcado pelo que viveu nessa então colônia inglesa, decidiu mudar os rumos de sua vida. Passou a lutar contra o colonialismo e as tantas outras formas de opressão. Essa luta o manteve muito próximo das classes trabalhadoras, de uma vida simples e de uma literatura mais fiel à realidade. Declarava-se socialista e contra todos os regimes totalitários, fossem eles de direita ou de esquerda. Seus romances de maior sucesso, *A revolução dos bichos* (1945) e *1984* (1949), fizeram dele um ícone da literatura mundial. George Orwell é pseudônimo literário do cidadão Eric Arthur Blair, que morreu de tuberculose, aos 46 anos, num hospital de Londres.

Conheça os títulos da

Coleção Clássicos para Todos

A Abadia de Northanger – Jane Austen
A arte da guerra – Sun Tzu
A revolução dos bichos – George Orwell
Alexandre e César – Plutarco
Antologia poética – Fernando Pessoa
Apologia de Sócrates – Platão
Auto da Compadecida – Ariano Suassuna
Como manter a calma – Sêneca
Do contrato social – Jean-Jacques Rousseau
Dom Casmurro – Machado de Assis
Feliz Ano Novo – Rubem Fonseca
Frankenstein ou o Prometeu moderno – Mary Shelley
Hamlet – William Shakespeare
Manifesto do Partido Comunista – Karl Marx e Friedrich Engels
Memórias de um sargento de milícias – Manuel Antônio de Almeida
Notas do subsolo & O grande inquisidor – Fiódor Dostoiévski
O albatroz azul – João Ubaldo Ribeiro
O anticristo – Friedrich Nietzsche
O Bem-Amado – Dias Gomes
O livro de cinco anéis – Miyamoto Musashi
O pagador de promessas – Dias Gomes
O Pequeno Príncipe – Antoine de Saint-Exupéry
O príncipe – Nicolau Maquiavel
Poemas escolhidos – Ferreira Gullar
Rei Édipo & Antígona – Sófocles
Romeu e Julieta – William Shakespeare
Sonetos – Camões
Triste fim de Policarpo Quaresma – Lima Barreto
Um teto todo seu – Virginia Woolf
Vestido de noiva – Nelson Rodrigues

Direção editorial
Daniele Cajueiro

Editora responsável
Ana Carla Sousa

Produção editorial
Adriana Torres
Júlia Ribeiro
Laiane Flores
Mariana Bard
Carolina Leocadio
Mariana Oliveira

Revisão de tradução
Rayana Faria

Revisão
Alice Cardoso
Liciane Corrêa

Capa
Sérgio Campante

Diagramação
Douglas Kenji Watanabe

Este livro foi impresso em 2022
para a Nova Fronteira.